Penny, caída del cielo
Retrato de una familia italoamericana

*A nuestro Henry,
el mejor tipo del mundo*

Editorial Bambú es un sello
de Editorial Casals, S. A.

© 2006 Jennifer L. Holm
© 2009, Editorial Casals, S.A.
Tel.: 902 107 007
www.editorialbambu.com

Diseño de la cubierta: Miquel Puig
Ilustración de la cubierta: Noemí Villamuza

Título original: *Penny from heaven*
Traducción: Lola Diez

Primera edición: abril de 2009
ISBN: 978-84-8343-069-9
Depósito legal: M-5376-2009
Printed in Spain
Impreso en Fernández Ciudad S. L., Pinto (Madrid)

Penny, caída del cielo

Retrato de una familia italoamericana

Jennifer L. Holm

Traducción: Lola Diez

bam bú
EDITORIAL

Pennies from heaven

A long time ago
A million years BC
The best things in life
Were absolutely free.
But no one appreciated
A sky that was always blue.
And no one congratulated
A moon that was always new.
So it was planned that they would vanish now and then
And you must pay before you get them back again.
That's what storms were made for
And you shouldn't be afraid for
Every time it rains it rains
Pennies from heaven.
Don't you know each cloud contains
Pennies from heaven.
You'll find your fortune falling
All over town.
Be sure that your umbrella is upside down.
Trade them for a package of sunshine and flowers.
If you want the things you love
You must have showers.
So when you hear it thunder
Don't run under a tree.
There'll be pennies from heaven for you and me.

Pennies from heaven de Johnny Burke y Arthur Johnston

Dinero caído del cielo

Hace un millón de años,
mucho antes de esta era,
lo mejor de la vida
no costaba dinero.
Pero nadie apreciaba
ese cielo siempre azul.
Y nadie celebraba
esa luna siempre nueva.
Así pues, se decidió que a veces se escondieran
y que hubiera que pagar para que volvieran.
Para eso se crearon las tormentas:
no les tengas miedo,
porque siempre que llueve
cae dinero del cielo.
En todas las nubes
hay dinero del cielo.
Verás llover tu fortuna
por toda la ciudad.
Dale la vuelta al paraguas.
Cámbialos por un lote de sol y flores.
Si quieres las cosas que amas,
necesitas aguaceros.
Así que, cuando oigas tronar
no te escondas bajo un árbol.
Y a ti y a mí nos caerá dinero del cielo.

Capítulo uno
El mejor asiento

Me-me dice que el cielo está lleno de nubes blancas mulliditas y de ángeles.

Eso suena estupendo, pero ¿cómo puede alguien sentarse en una nube? ¿No la traspasaría y se estamparía contra el suelo? Como dice Frankie siempre, los ángeles tienen alas, así que ¿de qué se van a preocupar?

Mi idea del cielo no tiene nada que ver con nubes ni con ángeles. En mi cielo hay helado de nueces de pecán, piscinas y partidos de béisbol. Los Dodgers de Brooklyn siempre ganan y yo tengo el mejor asiento, justo detrás del banquillo de los Dodgers. Ésa es la única ventaja que le veo a estar muerto: el muerto tiene el mejor asiento.

Pienso mucho en el cielo. Aunque no por los motivos habituales. No tengo más que once años y no me pienso morir hasta que tenga por lo menos cien. Es sólo que a mí el nombre me viene de aquella canción de Bing Crosby,

Pennies from heaven, y cuando a una el nombre le viene de algo, no puede evitar pensar en ello.

A mi padre le privaba Bing Crosby, y por eso todo el mundo me llama Penny en vez de Bárbara Ann Falucci, que es lo que pone en mi partida de nacimiento. Nunca nadie me llama Bárbara, excepto los profesores, y a veces hasta a mí se me olvida que ése es mi verdadero nombre.

Supongo que podría ser peor. Podría llamarme Clementine, que es el nombre de otra canción de Bing Crosby que a mi padre le encantaba.

No creo que yo valiese para Clementine. Aunque, claro, ¿quién valdría?

Capítulo dos
La judía de la suerte

Tío Dominic está sentado en su coche.

Es un Plymouth Reydelasfalto de 1940. Es negro con acabados cromados y los tapacubos están tan brillantes que se podrían usar de espejos. Tío Dominic le paga a mi primo Frankie para que les saque brillo. Es un coche precioso; lo dice todo el mundo. Pero también es que resulta difícil no verlo. Ha estado aparcado en el patio de la casa de mi abuela Falucci desde que yo recuerdo.

Tío Dominic vive precisamente en su coche. A nadie de la familia le parece raro que Tío Dominic viva en su coche o, si se lo parece, nadie dice nunca nada. Estamos en 1953 y, en Nueva Jersey, no es lo más normal que la gente viva en coches. La mayoría de la gente aquí vive en casas. Pero Tío Dominic es como un ermitaño. También le gusta ir en zapatillas de andar por casa en lugar de ponerse zapatos. Una vez le pregunté por qué.

–Son cómodas –dijo.

Aparte de vivir en el coche y andar en zapatillas, Tío Dominic es mi tío preferido, y eso que yo tengo un montón de tíos. A veces pierdo la cuenta.

–Eh, princesa –me llama Tío Dominic.

Me asomo por la ventanilla y oigo al locutor en la radio portátil. A Tío Dominic le gusta escuchar los partidos en el coche. Tiene una almohada y una manta cochambrosa en el asiento de atrás. Tío Dominic dice que el coche es el único sitio donde puede descansar. Le cuesta mucho dormirse.

–Hola, Tío Dominic –le digo.

–Ya está el partido –dice.

Empiezo a abrir la puerta de atrás pero Tío Dominic dice:

–Te puedes sentar delante.

Tío Dominic es muy suyo a la hora de dejar que la gente se siente en su coche. Casi todo el mundo se tiene que sentar atrás, aunque Tío Nunzio siempre se sienta delante. No creo que nadie nunca le diga a Tío Nunzio lo que tiene que hacer.

–¿Quién gana? –pregunto.

–Los Bums.

Me encantan los Dodgers de Brooklyn y a Tío Dominic también. Los llamamos Dem Bums [los Vagos Redomados]. Casi todo el mundo por aquí va con los Yanquis de Nueva York o con los Gigantes, pero nosotros no.

Tío Dominic mira hacia delante como si de verdad estuviera en el estadio y viendo el partido desde las gradas.

Es guapo, de pelo oscuro y ojos marrones. Todo el mundo dice que es igual que mi padre. No me acuerdo de mi padre porque murió cuando yo era un bebé, pero he visto fotografías y Tío Dominic se le parece, sólo que más triste.

–Tengo algo para ti –dice Tío Dominic.

Todos mis tíos me hacen regalos. Tío Nunzio me da manguitos de piel, Tío Ralphie me da golosinas, Tío Paulie me trae perfumes exóticos y Tío Sally me regala herraduras. Parece Navidad todo el tiempo.

Tío Dominic me pasa algo que parece una gran judía marrón oscura.

–¿Qué es?

–Es una judía de la suerte –dice. Tío Dominic es supersticioso–. Me la encontré esta mañana. Estaba guardada entre cosas viejas. Se la iba a regalar a tu padre antes de que muriera pero no tuve ocasión de dársela. Quiero que la tengas tú.

–¿Dónde la conseguiste? –pregunto.

–En Florida –dice.

A Tío Dominic le encanta Florida y va a Playa Vero todos los inviernos, probablemente porque entonces hace demasiado frío para vivir en el coche. A pesar de que vive en ese coche, tiene otro que usa para conducir, un Cadillac Cupé De Ville de 1950. Frankie dice que apuesta a que Tío Dominic tiene una chica en Florida, pero yo como que no lo creo. Las mujeres quieren una nevera nueva, no un asiento trasero.

–Guárdatela en el bolsillo –me dice–. Te mantendrá a salvo.

La judía de la suerte es grande y abulta un poco. Se nota que pesa, no es del tipo de cosas que una llevaría en el bolsillo, pero Tío Dominic pone esa mirada de que se va a morir si no me la guardo y, porque es mi tío preferido, hago lo que siempre hago.

Sonrío y digo:

–Gracias, Tío Dominic.

Por un momento la tensión abandona sus ojos.

–Por ti lo que sea, princesa –dice–. Lo que sea.

Es un día de junio caliente y pegajoso. Ya se acabó el colegio y por primera vez en meses no me tengo que preocupar de si Verónica Goodman es mala conmigo. Me gustaba el colegio, hasta este año. Probablemente, no habría sobrevivido si la señora Ellenburg, la bibliotecaria, no me hubiera escondido en la biblioteca. Por suerte para mí, a Verónica Goodman no le gusta leer.

La judía de la suerte me aprieta el bolsillo mientras bajo por la calle hacia mi casa. Vivo con mi madre y con mis otros abuelos, Me-me y Pop-pop, y mi caniche, Escarlata O'Hara. A pesar de que se llama igual que una señorita famosa de una película aburrida, Escarlata O'Hara no es nada señoritinga. A Escarlata le apesta el aliento, le gusta cazar ardillas y últimamente le ha dado por hacer pipí en la alfombra buena del salón, por no mencionar otras cosas que no debería hacer tampoco.

Pop-pop está sentado en el salón cuando llego a casa. Está escuchando la radio y la tiene a suficiente volumen para que la pueda escuchar todo el vecindario. Su programa preferido es *Fibber McGee y Molly*, aunque estos días se dormiría con cualquier programa. No tenemos televisión porque Me-me dice que son demasiado caras, lo que significa que seguramente la comprarán en cuanto yo termine los estudios y me vaya de casa.

–He vuelto –anuncio.

–¿Qué es? –pregunta.

–He dicho: «He vuelto», Pop-pop –digo bien alto.

–¿Qué? –pregunta–. ¿Qué?

Pop-pop está un poquito sordo. Me-me dice que está sordo desde que en 1918 volvió de Europa con metralla en una pierna. Ella dice que dejó la mejor parte de sí mismo en alguna parte de Francia, junto con su capacidad de escuchar a los demás.

Huele mal en la habitación.

–Pop-pop, ¿a qué huele? –pregunto.

–Sí, para mí un té helado –dice.

Localizo el pequeño bulto marrón detrás del sofacito. Es algo parecido a la judía de la suerte que me dio Tío Dominic. Escarlata O'Hara no está a la vista.

–Mira lo que ha hecho Escarlata –digo.

–Maldito bicho –refunfuña. Pop-pop oye bien cuando quiere–. Esa perra tuya es más ladina que los japos.

A pesar de que ahora mismo estamos en guerra contra Corea, a Pop-pop aún le encanta hablar de la Segunda Guerra Mundial, especialmente de Pearl Harbor y de cómo los japoneses nos atacaron cuando estábamos durmiendo. Dice que es lo peor que ha pasado nunca en territorio estadounidense. Nadie se lo vio venir.

–Una auténtica cobardía, eso es lo que fue –dice siempre.

Yo no me acuerdo de la guerra porque era muy pequeña pero, por supuesto, me alegro de que ganáramos. Desayunar en casa ya es bastante duro sin tener que preocuparse de ser bombardeados por los japoneses.

–¡Penny! –me llama Me-me desde la cocina.

Nuestra casa es de dos pisos. Me-me y Pop-pop viven en la parte de arriba y Madre y yo en la de abajo. Mis abuelos tienen su propio dormitorio, cuarto de baño y salón pero comen siempre abajo con nosotras porque ahí está la única cocina de la casa. De hecho, casi siempre cocina Me-me, ya que mi madre tiene que trabajar. Es secretaria en una fábrica de camiones.

Al entrar yo en la cocina, Me-me está de pie, de espaldas a mí, mirando el fogón. El pelo se le está poniendo gris y se lo recoge hacia arriba en un moño. Lleva un vestido de algodón con un estampado de cerezas rojas. A Me-me le encantan los estampados de colores vivos y tiene otro vestido con rosas de pitiminí, otro con fragmentos de frutas y otro con margaritas. El que a mí más me gusta es el de las palmeras hawaianas. Creo que sería divertido ir a algún sitio tipo Hawai. Debe de ser más emocionante que Nueva Jersey.

No hace falta que mire en la cazuela que está removiendo para saber que son guisantes con cebolla. El olor llena el aire. A Me-me le gusta hervir las verduras hasta que se hacen puré ellas solas y han perdido cualquier atisbo de sabor. Yo ni siquiera sabía que los guisantes podían ser dulces hasta que los probé frescos de la cepa en casa de la abuela Falucci.

–¿Qué hay para cenar? –pregunto.

–Hígado –dice, y tengo que contenerme para no refunfuñar.

El hígado de Me-me es peor que su asado, que a su vez es peor que su ternera Strogonoff, y su redondo de carne más vale ni mencionarlo.

–Pon la mesa, por favor –dice Me-me.

Saco los platos de vidrio verdes de la alacena y los llevo al comedor, donde sólo hay una mesa, las sillas y un aparador. En el aparador hay un viejo reloj y una fotografía enmarcada de mi madre y de mi padre el día de su boda. En esta casa no hablamos de mi padre porque mi madre se enfada. Supongo que no se ha repuesto de que muriera como murió y la dejara sola con un bebé. Ella era enfermera en el hospital donde lo llevaron cuando se puso malo, pero dijo después de su muerte que no podría volver allí, que había demasiados malos recuerdos.

En la fotografía de la boda, mi padre sale con un traje oscuro y el brazo alrededor de la cintura de mi madre como si tuviera miedo de que ella fuera a salir corriendo. Mi madre lleva un traje blanco de raso y sujeta un ramillete de guisantes de olor. Tiene el pelo largo, por debajo de los hombros, y rizado como una estrella de cine. Sonríe a la cámara como si fuera la chica más afortunada del mundo.

Se la ve tan feliz que casi no la reconozco.

Me-me se ha pasado la última media hora mirando el reloj, mientras Pop-pop y yo observamos cómo el hígado y los guisantes se van enfriando. Escarlata O'Hara está sentada al lado de la silla de Pop-pop esperando a ver si cae algo, lo cual es más que probable.

Pop-pop le da al té helado un largo trago y eructa sonoramente. Al ratito, vuelve a eructar.

—¡Pop-pop! —le digo.

—¿Qué? —dice con el ceño fruncido.

Sinceramente, no sé qué es más embarazoso, si Escarlata O'Hara haciendo sus cositas por la casa o Pop-pop eructando todo el tiempo. Y Madre todavía se pregunta por qué nunca invito a las amigas a dormir a casa.

Se abre la puerta principal y Me-me estira la espalda quedando un poco más alta.

—Siento llegar tarde, Madre —dice mi madre, mientras se quita el sombrero y se sienta en su sitio a la mesa.

Lleva un sencillo traje de chaqueta azul oscuro, y tiene el pelo ondulado, castaño claro, corto, por debajo de las orejas. Se pone colorete Tangee en las mejillas y un poquito de pintalabios rojo. El colorete Tangee es lo más extravagante que hay en ella.

—¿Sabes qué hora es, Eleanor? —pregunta Me-me clavando la mirada en el reloj—. Son las siete y media, ésa es la hora que es. ¿Qué tipo de negocio lleva ese hombre?

—El señor Hendrickson ha tenido que dictarme una carta en el último minuto —dice mi madre.

Me-me mira mi plato y me dice:

—Cómete los guisantes, Penny.

Me como unos cuantos, obligándome a tragar. Están
simplemente asquerosos. Saben como algo que una le daría a alguien a quien quisiera torturar.

Pop-pop le clava el tenedor al hígado.

–Creí que dijiste que íbamos a comer filetes –se queja–. Esto parece hígado.

–Hola, Gazapito –me dice mi madre y le noto el cansancio en la voz–. ¿Qué tal has pasado el día?

Siempre le ha gustado llamarme Gazapito. Me dijo que es porque cuando me vio en el hospital yo era tan dulce y tan pequeña que enseguida se dio cuenta de que era un gazapito.

–Mira lo que tengo –digo. Me rebusco en el bolsillo, saco la judía de la suerte y la pongo sobre el mantel de flores.

Pop-pop empieza a atragantarse cuando la ve.

–¿Has traído a la mesa un zurullo de perro?

Escarlata O'Hara ladra como para negar su intervención en el asunto.

–Es una judía de la suerte –explico–. Me la ha dado Tío Dominic.

–¿Una judía de la suerte? –se burla Me-me–. La única cosa de la suerte...

–Madre –le dice mi madre en tono de advertencia.

–La familia de tu padre –me dice Me-me sacudiendo la cabeza. Lo que quiere decir es que son italianos, y católicos.

Me-me y Pop-pop son viejos americanos corrientes, y metodistas. Van a misa todos los domingos y normalmente me hacen ir a mí también. Mi madre no va a ninguna iglesia.

–Tengo uno bueno, Penny –dice Pop-pop. Le encantan los chistes–. ¿Por qué la nueva armada italiana tiene barcos con fondo de cristal?

–¿Por qué?

19

—¡Para poder ver la antigua armada italiana! –suelta una risotada–. ¿Lo coges? ¡Sus barcos están en el fondo del océano!

Mi madre mira su plato y suspira.

—Madre –digo–, Tío Ralphie dice que nos va a contratar a Frankie y a mí para trabajar en su tienda algunos días a la semana. ¿Puedo? Podría ser mi trabajo de verano.

Tío Ralphie es uno de los hermanos de mi padre. Es propietario de una carnicería.

—¿Qué tendrías que hacer? –me pregunta.

—Barrer la tienda, colocar las mercancías y hacer los repartos.

—¿Llevar la compra a casas de extraños? Eres muy joven para eso –dice Me-me horrorizada.

—Creo que no, Penny –dice Madre, que es lo que siempre dice.

A mi madre le da miedo ni más ni menos que casi todo lo que implica diversión. No me deja ir a nadar porque podría coger la polio en la piscina pública. No me deja ir a las sesiones de cine porque podría coger la polio ahí también. No me deja ir a los coches de choque porque me podría hacer daño en el cuello. ¡Penny, no hagas esto! ¡Penny, no hagas lo otro! ¡Es demasiado peligroso, Penny! A veces me dan ganas de decir que lo más peligroso que hay en mi vida son los guisos de Me-me.

—¡Por favor! Estaremos trabajando en la tienda la mayor parte del tiempo –digo.

Mi madre y Me-me cruzan una larga mirada. A Madre no le gusta que pase mucho tiempo con la familia de mi padre, aunque trata de que no se le note. Las dos partes de la familia no se llevan bien. Ni siquiera los he visto nunca juntos en la misma habitación. Sé que no fue siempre así por la famosa historia de la fiesta de pedida de mi madre que a mis parientes italianos les gusta contar. Parece ser que Tío Dominic solía gastar bromas, especialmente a Madre. Durante la fiesta le regaló una caja con un gran lazo rosa. Mi madre abrió la caja esperando encontrar dulces pero, ahí colocado en el papel de seda, había un par de ojos de cordero.

–Es para que puedas *echarle un ojo* a Freddy –le dijo Tío Dominic.

Cuesta creer que ella se riera lo mucho que dicen todos ellos que se rió.

–¡Por favor! –supliqué–. Tendré muchísimo cuidado.

Me-me se encoge de hombros y mi madre se vuelve hacia mí y me dice:

–Bueno. Pero dile a tu tío que yo he dicho que Frankie tiene que acompañarte en los repartos. ¿Entendido?

–¡Puedes estar segura! –le digo, y no consigo contener el entusiasmo en la voz.

Me-me dice:

–Bah; ¿ese chico?

Por un momento, todo está en silencio y yo doy vueltas a unos pastosos guisantes grises alrededor del plato. A mi lado Pop-pop eructa y todas lo miramos a la vez.

–¿Qué? –dice.

–Hay que pagar las facturas –le dice Me-me a mi madre.

Mi madre se levanta y va hasta el recibidor. Cuando vuelve, trae un sobre en la mano. Se lo da a Me-me.

Me-me lo examina y dice:

–Vaya sueldo de esclavos –entonces va a la cocina y baja un tarro blanco con un dibujo de una vaca y las palabras «Dinero de la Leche» escritas en él y mete el cheque dentro. Es donde Me-me guarda el dinero para hacer la compra.

–Una educación exquisita, malgastada –dice Me-me.

–No empieces, Madre –dice mi madre–. He tenido un día muy largo.

Pero Me-me es como Escarlata O'Hara cuando se le mete en la cabeza ponerse a desmenuzar las cosas.

–Fuiste la mejor enfermera de tu promoción –dice Me-me.

–Ya basta –la interrumpe mi madre.

–Llevo demasiado tiempo mordiéndome la lengua –replica Me-me.

Sin una palabra más mi madre se pone de pie y sale de la habitación, dando un portazo. Me-se se levanta y lleva su plato a la cocina y lo deja en la encimera dando un golpe. Escarlata O'Hara empieza a ladrar y Pop-pop dice bien alto:

–¿Dónde está el filete? Pensé que dijiste que hoy íbamos a comer filetes.

¿Y yo?

Yo simplemente estoy ahí sentada, escuchando el silencio.

Capítulo tres
Los sesos de la señora Morelli

El cartel de fuera dice COLMADO FALUCCI. LOS MEJORES CORTES DE CERDO Y TERNERA.

Abro la puerta y suena una campanita.

–Mira quién ha venido –saluda Tío Ralphie desde detrás del amplio mostrador de mármol.

Lleva un delantal y está hablando con una señora larguirucha que tiene una carrera en las medias a la altura del tobillo. Un niñito con el cuello mugriento está agarrado a una de sus piernas y otro crío con un pegote de mermelada en la cara se le ha abrazado a la otra pierna. Cuando se da la vuelta, veo que tiene un bulto redondo en la barriga.

–Señora Chickalos –dice orgulloso Tío Ralphie–, ¿conoce a mi preciosa sobrina, Penny? Es la hija de mi difunto hermano Freddy, que Dios lo tenga en su gloria.

La señora Chickalos se vuelve hacia mí y me dice con voz suave:

—¿Cómo estás?

—Encantada de conocerla —digo.

Tío Ralphie continúa con la señora Chickalos.

—Entonces, ¿está segura de que no necesita jamón? Tengo un jamón buenísimo en la trastienda, una delicia.

—No me lo puedo permitir —dice ella con la misma voz tan suave.

—No se preocupe por eso, ¿está claro? —dice mi tío—. Usted cuide bien a esos niños tan hermosos que tiene.

De hecho, los niños podrían darse un buen baño antes de que nadie los llamara hermosos, pero así es Tío Ralphie.

Observo cómo mi tío corta y envuelve un gran trozo de jamón y se lo pone en la bolsa. Acto seguido envuelve un pollo entero y lo mete también.

—Con los huesos se puede hacer un buen caldo. De ahí salen dos y hasta tres comidas —guiña un ojo—. Le sentará bien al bebé.

Ella rebusca en su bolso pero él le hace un gesto de rechazo con la mano.

—No me voy a ningún lado.

—Gracias, señor Falucci —dice ella.

Él le muestra una amplia sonrisa.

—Es un placer.

Ella recoge la bolsa y sale de la tienda, los niños colgando de su falda.

—Ralphie —dice Tía Fulvia en cuanto se cierra la puerta.

—¿Qué? —dice Tío Ralphie—. Son buena gente, *patanella mia*.

Patanella mia es como Tío Ralphie llama a Tía Fulvia.

Él dice que significa «patatita mía». Muchos de mis parientes italianos tienen apodos así.

–Serán muy buenos, pero eso no nos da de comer –contesta ella bruscamente.

Tío Ralphie siempre está vendiendo fiado y eso a Tía Fulvia la pone mala de los nervios. Ella es la que realmente lleva el negocio. Tía Fulvia se sienta en un pequeño taburete detrás de la caja registradora junto a la puerta como un centinela, registrando las compras, metiendo la mitad del dinero en la caja y la otra mitad en el bolsillo de su falda. Frankie dice que es para que el gobierno no se quede con el dinero.

–Y supongo que aún no nos ha pagado lo que nos debe del mes pasado –dice Tía Fulvia y se inclina para mirar al bebé que duerme en el carrito a su lado. La pequeña Gloria puede dormir con cualquier ruido, incluso con Tía Fulvia cerca.

Tío Ralphie se encoge de hombros.

–A este paso vamos a terminar pidiendo limosna –dice Tía Fulvia entre dientes.

Puede que Tío Ralphie sea un blandengue pero, al final, siempre le terminan pagando. De vez en cuando aparecen cosas en la puerta de atrás, como una caja de discos o unos pastelillos de coco, y Tío Ralphie se limita a decir: «Mira lo que nos ha dejado un pajarito».

Suena la campanilla de la puerta y ahí está Jack Teitelzweig. Jack va dos cursos por delante de mí en la escuela y no lo conozco muy bien, pero su hermano Stanley está en el mismo curso que yo.

–¡Si es nada menos que Jack Teitelzweig! –dice Tío Ralphie–. Ya tengo listo el pedido de tu madre.

–Hola, Penny –dice Jack, devolviéndome la mirada.

Antes de que me dé tiempo a decir nada, suena la campanita otra vez e irrumpe Frankie, que viene sin aliento.

–Ya estoy aquí –anuncia.

–Llegas tarde –le dice Tía Fulvia.

Frankie tiene doce años y el pelo oscuro y los ojos marrones como yo. Casi todo el mundo se piensa que somos hermanos, cosa que no me molesta, salvo cuando se mete en líos. Su madre, Tía Teresa, es hermana de mi padre.

–He tenido que ayudar a Ma con el bebé –dice. Frankie tiene un hermanito, Michael, de dos meses.

–¿Es que ahora cambias pañales? –pregunta Tía Fulvia.

–¡Claro que sí! –dice él con los ojos como platos y la inocencia de un monaguillo. Tiene mucha práctica. Lleva varios años de monaguillo en la parroquia de San Antonio. A él le gusta, sólo que a veces se queda dormido durante los oficios.

–Estás lleno de excusas, ¿eh, chaval? –dice Tía Fulvia y menea la cabeza–. Vosotros dos: id empaquetando esos pedidos.

Oigo a Jack decirle a Tío Ralphie:

–Gracias, señor Falucci –y ya se ha ido.

–Sabes, creo que se lo ha creído –le digo a Frankie.

–Claro que se lo ha creído –dice con un astuto guiño.

El padre de Frankie, Tío Angelo, pasó un tiempo en la cárcel hace unos años. Atracó una tienda de «todo a diez centavos», pero no era un buen delincuente. Cuando robó en la tienda, además se llevó un buen puñado de caramelos. Se comía los caramelos y tiraba los envoltorios por la ventanilla mientras huía, con lo cual la policía sólo tuvo que seguir el rastro de los envoltorios de caramelo y lo pillaron. A Frankie le encanta su padre y piensa que sería fantástico ser un delincuente. A veces me preocupa.

Vamos atrás, a la despensa de la carne. La tienda es sobre todo carnicería, pero también vendemos ultramarinos y productos frescos. Atrás, en la mesa de carnicero, está Tío Dominic con un delantal lleno de sangre y haciendo carne picada de buey con el molinillo manual. Le gusta trabajar en la trastienda. Así no tiene que tratar con los clientes, lo cual también está bien. No creo que sus zapatillas de andar por casa fueran buenas para el negocio.

–Hola, princesa –me dice Tío Dominic.

–¿Qué hay de nuevo? –pregunto.

–La liga pinta bien para los Dem Bums –dice–. Parece que tenemos una oportunidad en el Mundial.

–Sí –farfulla Frankie–, la oportunidad de perder.

Los Dodgers ya han estado antes en el Campeonato Mundial pero siempre han perdido. Los Yanquis les ganaron el año pasado después de siete partidos. Como para hacer llorar a cualquier fan de los Bums.

–Saldrán para delante, ya verás. Hay que tener fe –dice Tío Dominic, y yo quiero creerle.

Es que, hace mucho tiempo, antes de que yo naciera, Tío Dominic jugaba al béisbol. Estaba en segunda división y jugó en todas partes: Newport News, Virginia, Villaverde, Carolina del Norte... Le invitaron a unirse al entrenamiento

27

de primavera de los Dodgers pero no sé qué pasó que dejó el béisbol y ahora trabaja para Tío Ralphie en la tienda. Todavía se trata con algunos de sus colegas y de vez en cuando le llega algún rumor. Yo no sé por qué iba nadie a cambiar atrapar bolas por cortar carne, pero no es más que otra de esas cosas que nunca llegaré a entender.

Tío Ralphie entra en la trastienda.

—¿Vosotros dos, chavalines, creéis que podéis llevar todo esto? —nos pregunta.

—Penny ya tiene que llevar de aquí para allá esos pelos todo el día —se burla Frankie, y yo le doy un manotazo.

Me-me opina que pongo mucho interés en el béisbol y demasiado poco en mi propio aspecto. Se le metió entre ceja y ceja hacerme una permanente casera al principio del verano: me dejó el líquido puesto más tiempo del necesario y ahora tengo el pelo que parece lana de algodón marrón.

—Entonces, perfecto —dice Tío Ralphie y se desliza las gafas hasta la punta de la nariz para repasar la lista con nosotros—. La bolsa con el lomo de cerdo es para la señora Giaquinto y la que tiene el pollo es para la señora Wiederhorn. Sabéis dónde viven, ¿verdad?

—Claro, claro —dice Frankie.

—Esta bolsa de aquí con los sesos va para la señora Morelli.

Frankie entorna los ojos y dice:

—¿Cómo? ¿Es que ha perdido los suyos o qué?

Me río.

—Sí, ¿tú crees que se apañará con esto?

Todas las señoras italianas de por aquí andan como locas por cosas raras como sesos de ternera y callos, que no son otra cosa que estómago de vaca, o criadillas, que son partes del animal que no creo que nadie debiera llevarse a la boca. Los sesos suelen hacerlos fritos. En realidad están buenos, si uno no piensa demasiado en lo que está comiendo.

–Vaya pareja de cómicos que estáis hechos –Tío Ralphie sacude la cabeza–. Tal vez deberíais ir a trabajar para Jack Benny.

–Tal vez lo hagamos –dice Frankie.

Tío Ralphie le da una palmada suave en el hombro y le dice:

–¿De dónde habrás sacado tú esa boquita, chaval?

Y Frankie dice:

–De ti –y todos nos reímos.

–¡Ralphie! –grita Tía Fulvia desde la tienda.

–¿Y ahora qué, *patanella mia*? –contesta Tío Ralphie también a gritos.

–Ha venido un tipo que dice que encargó un cordero entero, pero no lo tengo apuntado aquí –dice Tía Fulvia.

Tío Ralphie gruñe y se golpea la frente.

–Me había olvidado completamente del cordero del señor Leckstein –da un suspiro de sufrimiento–. Vosotros dos, poneos en marcha, y decidle a la señora Giaquinto que le he metido unos codillos de jamón de regalo.

Al pasar delante de Tía Fulvia camino de la puerta principal, nos llama la atención:

–Chicos, aseguraos de que os pagan, ¿me oís?

Nos montamos en la bicicleta de Frankie. Tiene una cesta delante para la mercancía. Pop-pop dio marcha atrás sobre mi bicicleta al comienzo del verano. Supongo que tengo suerte de que no me atropellara a mí también. No creo ni que debiera conducir siquiera, pero a ver quién se lo dice.

La primera parada es para ver a la señora Giaquinto, a la que nosotros conocemos como Ann Marie Harrison. Ann Marie antes salía con nuestro primo Benny, por el lado de la familia de Tío Angelo. Ann Marie y Benny nos llevaban a Frankie y a mí a tomar helados. Pero entonces, el otoño pasado, Benny se fue a la universidad y Ann Marie se casó con otro tipo, y desde entonces la hemos visto poco.

Llamo al timbre y al momento se abre una rendija de la puerta.

–¿Quién es? –pregunta Ann Marie con voz nerviosa.

–Somos Penny y Frankie –digo.

La puerta se abre un poco más y podemos verla. Realmente es muy guapa, con esos ojos de gacela como los de Elizabeth Taylor.

–Hola, chicos –dice Ann Marie.

–¿Cómo estás, Ann Marie... quiero decir, señora Giaquinto? –pregunta Frankie poniéndose colorado.

–Te estás poniendo muy alto, Frankie –dice ella–. ¿Cómo está Benny?

–Bien, está estudiando para contable, ya sabes.

–Sí –dice y hay algo de tristeza en sus ojos.

–Tío Ralphie te ha puesto unos codillos en la bolsa –le explico.

–¿Con quién hablas, Ann Marie? –grita una voz de hombre por detrás.

Ann Marie se vuelve y le vemos el cardenal violeta en la mejilla.

–Es sólo el reparto del colmado, cariño.

Frankie se queda con la boca abierta y, antes de que pueda cerrarla, el cuerpo de un hombre enorme y musculoso llena el vano de la puerta. El tipo parece un boxeador, lleva una camiseta interior blanca y tiene los ojos inyectados en sangre.

–¿Qué es lo que queréis, chicos? –ladra, y le noto el olor a whisky en el aliento.

Frankie se pone delante de mí y levanta la mercancía.

–El reparto.

El tipo nos mira de arriba abajo y después coge la bolsa.

–¿Qué estáis esperando? ¿La propina? –gruñe.

–Gracias, chicos –dice Ann Marie, colocando algunos billetes en nuestras manos.

Él la mete para dentro de un empujón y cierra dando un portazo.

–¿Qué estáis esperando? ¿La propina? –lo imita Frankie con rabia.

Ahora conduzco yo; Frankie va sentado atrás.

–¿Le has visto la mejilla? –pregunto.

Frankie no dice nada pero tiene los brazos tensos alrededor de mi tripa.

La señora Wiederhorn es viuda y, al abrir la puerta, dice:

–¡Niños! ¿Qué tal estáis? ¿Eso es para mí? ¿Por qué no entráis y os doy un poco de limonada?

–Gracias –le decimos.

La casa es pequeña y cada superficie tiene encima un tapete de ganchillo. Nos conduce hasta la cocina donde un gato viejo y cansado nos mira desde un cojín que hay en la esquina.

–Hola, señorita Sniff –le digo al gato–. ¿Pero cuántos años tiene ya la señorita Sniff?

–Uy, tiene muchos años, querida. El señor Wiederhorn me la regaló en nuestro quincuagésimo aniversario. Tomad –dice y empuja un plato con galletas hacia nosotros.

Cada uno de nosotros coge una. Están duras como piedras.

Educadamente, doy un traguito a mi limonada y me guardo la galleta en el bolsillo. Se apretuja contra la judía de la suerte; ahora siempre la llevo conmigo.

La señora Wiederhorn nos está sonriendo. No parece darse cuenta de que aún lleva puesto el camisón y es la hora de comer.

–¿Qué tal están las galletas, queridos? –pregunta.

–Buenísimas –digo.

–Si uno pretende matar a alguien –murmura Frankie en voz baja, y yo tengo que morderme el labio para no reírme.

–¿Qué has dicho, Frankie? –pregunta la señora Wiederhorn desconcertada.

–He dicho que son mejores que las que hace mi propia madre –dice con una sonrisa brillante. Frankie es el mejor embustero que conozco.

–Pero qué encanto de chico –dice ella complacida–. Toma otra.

–Tenemos que dejar un hueco para el almuerzo, 'ñora –dice Frankie enseguida.

–Qué niños tan buenos –dice y se dirige a mí–. ¿Cómo está tu padre, Penny?

–Eh, eh... –titubeo–, bien, gracias.

–Tu padre es un hombre encantador –dice–. Siempre me trae tomates de su huerta.

A mi lado Frankie gruñe, pero yo le doy un codazo en las costillas y sólo digo:

–Claro que lo es.

Todo el mundo sabe que la señora Wiederhorn se ha vuelto un poco olvidadiza desde que murió su marido. Bueno, bastante olvidadiza, diría yo, teniendo en cuenta que mi padre hace años que murió.

Nos paga y nos ofrece más galletas, pero le decimos que nos tenemos que marchar.

–Tenemos que hacer más repartos –le cuenta Frankie.

Esperamos a estar fuera del campo de visión de la casa y ambos tiramos nuestras galletas en un arbusto.

Frankie dice:

–Está *pazza –Pazza* en italiano quiere decir majareta.

–Sí, pero es simpática, ¿no? Me refiero a las galletas y tal.

–Supongo –dice Frankie.

–¿Alguna vez has estado en casa de la señora Morelli? –le pregunto mientras pedalea calle abajo.

–Qué va; pero conozco a Johnny Ferrara. Es su vecino de al lado.

La casa Morelli parece un poco extraña, como si alguien hubiera empezado a pintarla y lo hubiese dejado a la mitad. Hay una valla alrededor del jardín de atrás con un cartel que dice CUIDAO CON PERRO. Parece que los Morelli, además de no saber pintar, tampoco saben escribir.

–Saca esos sesos –me dice Frankie mientras nos dirigimos a la puerta principal.

–¡Si yo tuviera! –digo, y me río.

Los geranios del porche delantero están muertos y hay una silla con el asiento roto apoyada contra un poste. Frankie llama al timbre y un perro empieza a ladrar desde el otro lado de la valla. Un perro grande, a juzgar por los ladridos.

–¿Para qué necesitan un perro guardián? –pregunta Frankie mirando a nuestro alrededor–. No hay nada que valga la pena robar.

–Tal vez sea mejor que volvamos más tarde –digo yo nerviosa.

–¿Está en casa o qué? –dice Frankie poniéndose de puntillas para mirar a través del cristal de la puerta–. No veo nada.

La puerta de la valla se tambalea porque el perro se está tirando contra ella con todo su peso. No quisiera conocer a ese perro.

–Frankie –le digo tirándole de la camisa, pero él simplemente me ignora y toca el timbre otra vez.

–¡Eh, señora Morelli! ¡Traemos el reparto del Colmado Falucci! –grita.

Se oye un estruendo. Nos volvemos y vemos al más enorme de los perros de pie sobre lo que antes era la puerta de la valla. Es un perro monstruoso: doberman con pastor alemán y tal vez un poco rottweiler alrededor de la cara. Sea lo que sea, es antipático y empieza a gruñir al vernos a Frankie y a mí ahí de pie en el porche.

–Buen chico –dice Frankie mientras nos alejamos despacito de la puerta–. ¿Ves? Ya nos vamos.

Por un minuto, parece que el perro se va a achantar, pero luego todo su cuerpo se pone firme, igualito que el del director, el señor Shoup, antes de pegarte con la regla.

–¡Corre, Frankie! –grito.

Corremos a por la bicicleta como si nuestras vidas dependieran de ello, y, de hecho, dependían de ello. Frankie se monta de un salto, yo me agarro detrás de él y empieza a pedalear. Al perro no parece importarle que ya estemos fuera de su propiedad, porque arranca detrás de nosotros con la baba de la boca convertida ya en espuma. ¡Este perro está pidiendo sangre!

–¡Más rápido, Frankie! ¡Más rápido! –grito mientras el perro arremete contra mis pies.

El perro está a un mordisco de mí y estoy pensando si la judía de la suerte que me dio Tío Dominic no será más bien una judía de la mala suerte cuando Frankie grita:

–¡Tírale los sesos! ¡Tírale los sesos!

Aún llevo la bolsa con los sesos de ternera.

–¡Aquí tienes, chico! –grito, arrojándole la bolsa.

Lo último que veo antes de doblar la esquina es al perro parado en medio de la calle zampándose los sesos de la señora Morelli.

Capítulo cuatro
Un hombre capaz de arreglar un retrete

Estoy de pie en la playa, hundiendo los dedos de los pies en la arena.

El cielo está azul y el sol brilla cálido y resplandeciente. Tengo ante mí el océano, con sus olas rompiendo una tras otra, y detrás tengo el paseo marítimo con sus paseantes, sus palomitas al caramelo y sus perritos calientes. En lo alto, las gaviotas me graznan desde arriba como las viejas italianas con las que Nonny juega a las cartas. Alrededor de mí corren los niños de un lado a otro de la orilla, esquivando las olas. Chillan y gritan y sus gritos se mezclan con las gaviotas y con el ruido de las olas. Pero una voz sobresale de entre todas las demás, llamándome.

–¡Penny!

Del lado del océano, pasada la siguiente gran ola, veo una cabeza oscura meneándose en el agua, con el pelo lamido hacia atrás como el de una foca.

Mi padre levanta la mano y saluda.

Me meto en el agua y, cuando me llega a la altura del pecho, me tiro dentro de una ola que se acerca. Soy buena nadadora. Aprendí a nadar en el lago al que vamos todos los veranos. Pero no sé que pasa que cuanto más nado, más lejos parece estar mi padre, hasta que ya no es más que un punto en el horizonte.

–Penny –me llama mi padre y su voz ahora suena lejana.

Una ola surge del océano y viene rompiendo, arrastrándome a mí por el fondo.

Su voz suena a través del agua:

–¡Penny!

Braceo para salir a la superficie pero, cuando abro los ojos, no estoy en el océano. No hay arena ni cielo azul ni olas.

Estoy tumbada en la cama, con las sábanas hechas un gurruño. Cae agua a través del techo y no huele a nada parecido a la brisa marina.

–¡Pop-pop! –grito–. ¡El retrete está rezumando otra vez!

–Dame la otra llave inglesa –dice Pop-pop mientras golpetea aquí y allá, a cuatro patas sobre las baldosas blancas y negras del suelo del cuarto de baño.

–¿Cuál de ellas? –le pregunto mirando en el batiburrillo de su caja de herramientas. Tiene por lo menos cinco llaves inglesas.

–¿Qué?

–¿Qué llave inglesa? –digo más alto.

–La otra –contesta–. ¡La otra!

Cojo una y se la paso.

–No sirve –masculla, y empieza a darle golpes contra el retrete.

El retrete siempre se está rompiendo y, por suerte para mí, está justo encima de mi cama. Pop-pop se niega a contratar a un fontanero. Siempre dice: «Cualquier hombre que se precie es capaz de arreglar un retrete».

Me-me está en la cocina cuando bajo las escaleras.

–¿Lo ha arreglado?

Sacudo la cabeza.

–Es tan testarudo ese hombre –dice en voz baja–. Apuesto a que se habría quedado sentado durante el hundimiento del *Titánic* sólo para no tener que ceder su asiento.

Se oye un fuerte estruendo seguido de una maldición y las dos miramos hacia arriba.

Me-me sacude la cabeza.

–Mejor subo a ver qué pasa antes de que desmonte el cuarto de baño entero. Tú ve a ver si ha pasado ya el repartidor de leche.

A Me-me le gusta echarle al café la nata que queda encima de la leche, y después de vérselas con Pop-pop va a necesitar un buen café.

Salgo al porche justo a tiempo de ver al señor Mulligan, el lechero, que viene por la senda trayendo dos botellas de leche.

–Hola, señor Mulligan –le digo.

–Hola, Penny –me contesta–. Parece que hoy va a hacer un calor de justicia.

El señor Mulligan se está quedando calvo y sólo le queda un mechón de pelo rojo, como al Pájaro Loco. Es de familia irlandesa y tiene la piel verdaderamente pálida. Por aquí vienen varios repartidores –leche, pan, verduras–, pero el señor Mulligan es el más simpático. Tiene buen sentido del humor.

–Veamos, aquí tengo que dejar cuatro botellas de leche, ¿verdad? –pregunta, y es lo que siempre pregunta. Es como una broma que nos hace, porque todas las semanas le pedimos lo mismo. No es que sea para morirse, pero al menos algo es.

–Cuatro botellas –digo.

–¿Bebes mucha leche? –me pregunta.

–Odio la leche –le digo–. Pero Me-me me obliga a tomarla.

Se ríe.

–Hasta la semana que viene.

Después de arreglar el retrete, Pop-pop anuncia que vamos a pintar el escritorio de Me-me. Últimamente a Pop-pop le ha dado por pintar de negro todos los muebles de la casa. Me-me opina que nuestros viejos muebles quedarán más bonitos barnizados de negro. La idea la ha sacado de su amiga, la señora Hart, que ha pintado todos sus muebles y toda la madera de su casa de negro y dice que le ha dado mucha categoría. Yo no puedo decir que me guste mucho. Se siente una como en la sala de un velatorio.

–¿Preparada para una pintura de calidad? –me pregunta Pop-pop.

Arrastramos el escritorio de Me-me hasta el porche de verano. Primero lijamos el escritorio para que agarre la pintura y después empezamos a pintarlo. No es precisamente el mejor día para estar pintando. Estamos como a cien grados fuera. Durante todo el tiempo que pasamos pintando, Pop-pop no para de comentar lo mal que lo hago todo. «Le estás poniendo demasiada pintura», dice, o: «La brocha se agarra *así*». Su preferida es: «¿Es que no te enseñan nada en esa escuela a la que vas?».

Escarlata O'Hara está sentada en el porche mirando a las ardillas del jardín. De repente se forma un gran charco a sus pies.

–¡Escarlata! –le digo, pero es demasiado tarde. Me mira pestañeando y menea la cola.

–Fuera de aquí, chucho –dice Pop-pop, abriendo la puerta y fulminando con la mirada a Escarlata O'Hara.

–Venga, Escarlata –le digo, y sale disparada detrás de una ardilla.

A Escarlata le encanta perseguir a otros animales. Siempre que siente a otra criatura, va a por ella. Una vez estuvo persiguiendo a una ardilla de rayas alrededor de toda la casa, y tanto la asustó que salió corriendo por la chimenea para arriba, lo cual a Madre no le pareció muy inteligente, pero yo lo encontré muy gracioso, sobre todo cuando la ardilla volvió a bajar toda llena de hollín y se puso a correr por el salón.

–Pop-pop –le pregunto–, ¿crees que le pasa algo a Escarlata O'Hara?

–Es una perrita vieja –dice.

Escarlata O'Hara tiene casi quince años, lo cual supongo que es la vejez en años perrunos aunque, desde luego, no se comporta como una vieja. Mi padre le regaló Escarlata

O'Hara a mi madre cuando era sólo un cachorro, pero ahora la perra es mía. Madre dice que, siendo yo un bebé, Escarlata ladraba siempre que yo lloraba.

—¿Qué tiene eso que ver con hacérselo en el suelo? —pregunto.

Él gruñe y se levanta.

—Al hacernos viejos, las entrañas dejan de funcionarnos como debieran.

—¿Eso quiere decir que se va a morir?

—Bueno, todos vamos a morir algún día —dice—. Yo estoy planeando caer muerto la semana que viene. Así no tendré que llevar corbata a esa reunión a la que me quiere llevar tu abuela.

Pintamos juntos durante un rato y, entonces, aparece Me-me en el porche con sandwichs de pastel de carne y limonada. No me gusta el pastel de carne, para empezar, pero encima Me-me lo deja seco y crujiente. Pop-pop ataca directamente su sandwich pero, cuando intento hincarle el diente al mío, el estómago se me revuelve. Tanto hablar de morirse me está afectando. O eso o el pastel de carne. No sabría decir.

Me saco la judía de la suerte del bolsillo. No parece muy de la suerte. Pienso en el sueño que he tenido. ¿Habría muerto mi padre si hubiera tenido esta judía? Sé que se puso malo, lo llevaron al hospital y allí murió pero, ninguna de las dos partes de la familia, habla jamás de lo que realmente le pasó.

—Pop-pop, ¿de qué murió mi padre? —le pregunto.

—¿Qué? ¿Qué? —balbucea.

41

–Pensé que tal vez tú lo sabrías, eso es todo.

–¿Cómo lo iba yo a saber? –pregunta enfurruñado–. ¿Es que tengo cara de médico?

Antes de que yo pueda decir nada, la ardilla que Escarlata O'Hara ha estado persiguiendo atraviesa corriendo la mosquitera abierta y empieza una carrera dando vueltas dentro del porche cerrado con Escarlata pisándole los talones. Escarlata pasa como un rayo junto al escritorio manchando todo de pintura negra a su paso.

–¡Penny, saca esa maldita perra de aquí! –vocifera Pop-pop.

–¡Escarlata O'Hara! –la llamo. Arremeto contra ella pero me hace un quiebro y el pie se me engancha en la alfombra.

Y ahí es cuando me caigo de bruces justo encima de la lata de pintura.

–Ay, Penny –dice Me-me con un suspiro.

Estamos en el cuarto de baño de arriba, el que es de Pop-pop y de ella. Aparte del retrete que gotea, a mí siempre me ha gustado más. Es más grande que el de Madre y mío. La bañera tiene patas con grandes garras y es honda, tan honda que casi se puede desaparecer dentro cuando hay burbujas.

Me-se me está mirando, por encima de mi hombro, en el espejo de la pared. En parte del pelo tengo un pegote de pintura negra que no se quita ni con trementina. Me-me va a afeitar a Escarlata O'Hara las zonas donde tiene pintura en el pelo, pero conmigo no sabe qué hacer.

–Tienes un pelo tan bonito –dice, tocándome los rizos–. Lo tienes igual que tu madre cuando era niña.

¿Se le quemó con una permanente?, me dan ganas de decir. En cambio, digo:

–Tal vez si lo pongo en remojo un rato.

Prepara un buen baño, le echa unas burbujas y yo me quito la ropa y me meto en la bañera, apoyando la espalda contra el alto borde blanco. Cierro los ojos mientras Me-me me enjabona el pelo con sus dedos robustos. Me siento de maravilla.

–¿Podemos hacer helado esta noche? –le pregunto–. ¿De nueces de pecán?

Me encantan las nueces de pecán. Las podría comer con cualquier cosa: helado, galletas, perritos calientes... con cualquier cosa imaginable.

–No veo por qué no –dice Me-me.

Me-me es así: a veces es más dura que un clavo viejo y a veces es una buenaza.

–Sabes –dice Me-me–, cuando yo vivía en Cayo Oeste, hacíamos helado de manzana dulce. Ése fue siempre mi preferido. ¿Te imaginas cuando me enteré de que no había manzanas dulces aquí en el norte? Casi se me rompe el corazón.

Me-me creció en Cayo Oeste, en Florida. Pop-pop la conoció cuando él estaba en el ejército. Me-me siempre habla de lo mucho que echa de menos Cayo Oeste y Pop-pop siempre dice que es el peor sitio en el que ha vivido, que no había nada más que escorpiones y que no veía la hora de volverse a Nueva Jersey.

–¿Se va quitando la pintura? –pregunto esperanzada.

–Lo siento, Penny –dice ella.

Salgo de la bañera, me pongo una toalla y me quedo quieta mientras Me-me corta. Al terminar parece como si alguien me estuviera haciendo un retrato y de repente hubiese borrado una parte. Sólo espero que vuelva a crecer rápido.

Tal vez es porque llevo todo el día pensando en mi padre pero, de repente, suelto:

–¿Me parezco a mi padre?

Me-me duda un momento y dice:

–La parte de los ojos. Tienes los mismos ojos que él.

–¿De verdad?

–Sí –dice finalmente–. Tu padre tenía unos ojos muy bonitos.

Mi dormitorio antes era un armario, así que supongo que se puede decir que es muy íntimo.

El plan no era ése. Mi padre y mi madre compraron esta casa nada más casarse. Pero, entonces, él murió y mi madre necesitaba que la ayudaran conmigo, así que Pop-pop y Me-me vendieron su propia casa y se mudaron para acá. Convirtieron la mitad de arriba en la parte de ellos y la de abajo en la nuestra.

Mi habitación antes era la despensa y, en días húmedos, todavía huele a canela.

Lo único que cabe en mi habitación es una cama y una cómoda pequeña. Guardo la ropa en un armario del cuarto de Madre. Tuve que decorar la habitación yo misma y, en aquellos tiempos, realmente me encantaban los caniches, así que el papel de la pared es de caniches, el cabecero es un caniche y la base de la lámpara es un caniche. Incluso tengo un edredón de caniches a juego que me hizo Me-me. Últimamente he estado pensando en preguntarle a Madre si puedo redecorarla. Estoy ya un poco cansada de los caniches.

Pero ahora que estoy tirada en la cama, se me ocurre que debería pedirles que me hagan una ventana mientras vaya a seguir aquí. En invierno no está mal, pero en noches como ésta es simplemente horrible. Es como un horno. A pesar de que llevo el pijama de algodón más fino que tengo, estoy sudando a mares. El ventilador que da vueltas en la entrada no ayuda ni un poquito. Me-me es la única a la que no le molestan las noches como ésta.

Al final me doy por vencida, agarro la almohada y me dirijo hacia el porche de verano. También hace calor pero, por lo menos, corre una mísera brisa. Pop-pop ya está en el sofá de mimbre, roncando, así que a mí me toca la hamaca. Escarlata O'Hara debe de haberle perdonado lo de la pintura, porque está acurrucada detrás de sus rodillas. Parece como desnuda y avergonzada sin su pelo. Yo sé exactamente cómo se siente.

Después de la carnicería que me hizo Me-me en el pelo, fui a ver a Frankie. No veo tanto a Frankie durante el curso porque él va a un colegio católico y yo a una escuela pública. Pero puede decirse que Frankie es mi mejor amigo. Tampoco es que tenga muchos amigos últimamente, gracias a Verónica Goodman. Me la encontré en la puerta de la Konfitería con unas cuantas chicas de la escuela. Se echó a reír al ver mi horrible pelo.

–¿Qué es eso, Penny, el último grito? –me preguntó. Las otras chicas se rieron también.

Quería que se me tragase la tierra.

Verónica y yo antes éramos amigas. De hecho fuimos buenas amigas hasta el otoño pasado, que fue cuando cambió todo. Bueno, mi tío Ralphie es el dueño del edificio que hay al lado del Colmado Falucci, y lo alquila. El padre de Verónica quería alquilar el local para poner una zapatería, pero Tío Ralphie se lo alquiló a otra persona. Tío Ralphie dijo que no era nada personal; el tipo al que se lo alquiló podía pagar más. Pero supongo que el señor Goodman no lo vio así, porque se enfadó y llamó a mi tío Ralphie varias cosas feas por ser italiano. Desde que pasó aquello, Verónica ha estado antipática conmigo y casi todas las otras chicas me han ignorado. Verónica es bastante popular.

El olor de la pintura negra baila en mi nariz mientras estoy ahí echada en la oscura noche. Éstos son los momentos en los que más pienso en mi padre. ¿Qué hace él allí arriba, en el cielo? ¿Está simplemente sentado en una nube, o está escuchando a Bing Crosby? ¿Está bailando el baile de San Vito? ¿Está comiendo helado con salsa de chocolate?

Si pudiese preguntarle a Madre una sola cosa acerca de mi padre, sería qué pensaba él de mí. ¿Pensaba que yo era graciosa? ¿O espabilada? ¿Me quería?

Oigo una pisada suave, miro para arriba y veo a mi madre ahí de pie, con un vestido y un sombrero muy bonitos. Le brillan las mejillas. Ha salido a cenar y a jugar al bridge con su amiga Connie. Salen mucho juntas últimamente, y yo creo que le sienta bien. Se la ve más contenta.

–¿Demasiado calor en tu cuarto? –susurra.

Asiento con la cabeza.

–Pop-pop me ha tomado la delantera con el sofá.

–Para ser tan viejo es muy rápido, ¿eh? –dice con una risilla–. Hazme un hueco.

Se sienta, se quita el sombrero y parpadea al agarrarme la cabeza.

–¿Qué te ha pasado en el pelo?

–Me ha caído pintura encima –le digo. Escarlata O'Hara protesta porque no le gusta sentirse excluida, y añado–: A Escarlata O'Hara también le ha caído pintura.

Mi madre simplemente sacude la cabeza.

–¿Qué tal la cena?

–Ternera a la Strogonoff –arrugo la nariz–. Ha sobrado un montón.

Se ríe.

–No, gracias.

–Hemos hecho helado –le digo–. De nueces de pecán, ¿quieres?

–De eso sí que quiero –dice, y voy dentro y le traigo un cuenco.

Se come una cucharada y hace un sonido de aprobación.

–¿Te has divertido con Connie? –le pregunto.

–Me lo he pasado muy bien –dice, y sonríe para sí misma.

Mi madre se apoya en mí y da una patada en el suelo, con lo que pone la hamaca en movimiento. Contemplamos la noche, las luciérnagas que bailan en los árboles. Pop-pop ronca al dormir y se da la vuelta. Se oye un débil

bufido y Escarlata O'Hara, protestando, salta del sofá y tro-
ta hasta nosotras.

–Madre –susurro encogiendo la nariz.

–¿Sí? –dice ella.

–¿Qué es ese olor?

–Creo que ha sido Pop-pop –me responde en un susurro, y nos reímos las dos.

Capítulo cinco
El tipo más afortunado del mundo

La primera diferencia entre la cocina de Me-me y la de mi abuela italiana es el olor. La cocina de mi abuela Falucci huele de maravilla: como a albahaca, tomate y ajo. Se me hace la boca agua.

La segunda diferencia es que la cocina de Nonny está abajo, en el sótano. Allí hay una cocina, una nevera, una pila grande de fregar, una tabla de cortar de madera, ollas y sartenes.

En el rincón hay una lavadora escurridora. Normalmente, me corresponde la tarea de ayudar con la colada si estoy por aquí, igual que en mi casa.

Arriba hay una cocina moderna normal que es la que usa mi tía Gina. Tío Paulie le compró la casa a mi abuela, pero ella aún vive aquí y todo el mundo la conoce como su casa. Nonny no aprueba la manera de cocinar de Tía Gina y por eso exigió tener una cocina para ella sola en el sótano.

Al principio, Tío Paulie dijo que no, pero luego le puso una «para tener la fiesta en paz». Tío Paulie dedica un montón de tiempo a tener la fiesta en paz con las mujeres de su vida.

–Tendría que haber sido diplomático –dice siempre, meneando la cabeza–. Por lo menos así cobraría.

Mientras bajo las desvencijadas escaleras del sótano, Nonny está de espaldas a mí. Es pequeñita, puede que pese cuarenta kilos, y tiene unas piernas como dos palillos de dientes con medias negras que sobresalen por debajo de su vestido negro. Nunca la he visto vestida de ningún color que no sea el negro. Incluso su abrigo de invierno es de astracán negro.

–Hola, Nonny –le digo. *Nonna*, en italiano, quiere decir «abuela». Según cuentan, yo de pequeña no sabía decir *Nonna*, así que la llamaba Nonny y como que se le quedó. Ahora todo el mundo la llama así.

Nonny se da la vuelta, me echa una mirada y se deshace en lágrimas.

Yo suspiro. Ya estoy acostumbrada, supongo. Cada vez que me ve, se echa a llorar.

Mi padre, Alfredo, al que todo el mundo llamaba Freddy, era su preferido, su primogénito. Fue la primera persona de la familia que fue a la universidad y se convirtió en escritor para los periódicos. Todos estaban muy orgullosos de él, sobre todo Nonny. Su muerte fue lo peor que le ha pasado a la familia. Una verdadera tragedia. Por eso es por lo que Nonny va siempre vestida de negro y por lo que llora cada vez que me ve.

–*Cocca mia* –dice Nonny secándose las lágrimas con un pañuelo de encaje negro. Me llama *cocca mia*, que significa «tesoro mío». Nonny no habla muy bien el inglés.

Me siento como de costumbre en el taburete que hay junto a la mesa, me pone un plato delante y me dice con su fuerte acento italiano:

–Demasiado flaca. Come. Come.

Colocada en el plato hay una cosa a la que Nonny llama *pastiera*, una comida hecha con espaguetis, huevos, queso y pimienta negra que se asa en el horno y se sirve fría. Es una de mis preferidas, así que Nonny siempre la hace para mí.

Observo cómo sus deditos nudosos amasan la pasta para hacer macarrones frescos. Todas las mujeres italianas de mi familia hacen su propia pasta. Nonny enrolla la pasta cuidadosamente, luego coge un cuchillo afilado, la corta en tiras largas y la tiende a secar en una rejilla de madera.

Nonny se limpia las manos en el delantal.

–Vemos tu *papa* ahora, ¿sí? –lo dice como si fuera una pregunta, pero yo sé que no lo es.

Tío Paulie ya nos está esperando arriba en el recibidor.

–Aquí están mis chicas –dice con una amplia sonrisa.

Mi tío Paulie es un tipo grande y redondo. Probablemente porque tiene que comerse dos cenas todas las noches: una cocinada por Tía Gina y otra cocinada por Nonny.

Nonny se ata un fular de encaje negro a la cabeza.

–Paolo –dice, señalando los guantes. Paolo es el nombre de Paulie en italiano.

–Aquí 'stán, Ma –dice Tío Paulie, alcanzándole los guantes negros.

–Freddy –dice Nonny, saludando con la mano a la pared del recibidor donde hay un altarcillo dedicado a mi padre muerto. Hay una docena de fotos suyas: en su Primera Comunión; otra de cuando terminó el instituto; otra posando agarrado a Tío Dominic cuando eran jóvenes, los dos sonriendo como si guardasen un gran secreto.

–Tu padre era un tipo grande, Penny. Un buen hombre, de verdad. El mejor hermano del mundo –dice Tío Paulie.

Eso lo he oído un millón de veces y lo que viene después, también.

Nonny empieza a llorar.

–Mi buen Freddy.

–Es cierto –dice Tío Paulie mientras una lágrima gorda le rueda por la mejilla.

–Ya estamos con la fiesta habitual –dice una voz desde lo alto de la escalera.

Es Tía Gina. Lleva una blusa de seda blanca con una falda ajustada y, en la mano, un pitillo. Con el pelo rubio oxigenado, tiene un aire sofisticado, como Marilyn Monroe.

–Hola, Tía Gina –le digo.

–Hola, muñeca –dice, bajando las escaleras, y mira a Nonny que está junto a la puerta con el fular y los guantes–. Cariño, creí que habías dicho que hoy me ibas a llevar de compras.

–Paolo –dice Nonny.

Tío Paulie baja la voz.

–Tengo que llevar a Ma a ver a Freddy.

–Al cementerio –dice Tía Gina con voz seca.

Tío Paulie asiente incómodo.

–Suena estupendo –dice Tía Gina sacudiendo la ceniza de su pitillo.

Nonny farfulla algo en italiano y yo me quedo de una pieza. Conozco esa palabrota.

–¿Cómo ha dicho, Madre Falucci? –pregunta Tía Gina en voz alta.

Tía Gina no habla mucho italiano y siempre piensa que Nonny la está insultando, lo cual probablemente sea verdad porque a Nonny no le gusta Tía Gina. Yo, personalmente, creo que Tío Paulie va a acabar calvo de tanto tratar de sobrevivir en una casa con dos mujeres que no se llevan bien.

Frankie entra por la puerta principal.

–*Francuccio* –dice Nonny y lo besa y lo abraza fuerte hasta que él consigue liberarse. *Francuccio* quiere decir «pequeño Frankie».

–¿A dónde va todo el mundo? –pregunta al ver la escena.

–Al cementerio –le susurro.

–¡Ah, estupendo! –dice Frankie bien alto–. ¡Me encanta el cementerio!

Tía Gina da un zapatazo en el suelo.

–¿Lista, Ma? –dice nervioso Tío Paulie–. Mejor si vamos yendo.

Tía Gina le lanza una mirada a Tío Paulie, pero él agarra a Nonny por el codo y prácticamente la empuja hacia la puerta, diciendo:

–Hasta luego, cariño.

Mientras la puerta mosquitera se cierra de golpe a nuestra espalda Tía Gina grita:

–¿Sabéis lo que os digo? ¡Que en esta familia la única forma de que le presten a una atención es muriéndose!

–Penny, mira ésta –dice Frankie emocionado señalando una vieja lápida que parece que se va a caer en pedazos de un momento a otro–. Tiene una calavera. ¿A ti qué te parece?

–Podría ser –le digo.

–Estoy seguro –dice–. Fíjate en el nombre. *Howard Pfeiffer.* Ése es el nombre de un delincuente, si es que sé algo de delincuentes.

A Frankie le gusta venir al cementerio porque ha oído que hay un montón de delincuentes enterrados aquí. Bueno, es que lee tebeos de delincuentes y se cree que las historias son verdaderas. Su preferido es *El crimen no compensa.* Nunca lee libros de verdad, solamente lee tebeos.

Algunas lápidas tienen pegadas banderas patrióticas con los colores blanco, azul y rojo. Ésas son las tumbas de los soldados caídos. Muchos hombres de nuestro pueblo murieron en las guerras mundiales.

La lápida de mi padre es de mármol, importada de Italia, donde tenemos todo tipo de familiares. Tío Nunzio la mandó hacer a un maestro escultor, un primo de ellos que hace las lápidas de todos. Es la única lápida con un nombre italiano en toda su fila.

ALFREDO CHRISTOPHER FALUCCI

Hay un cementerio católico al otro lado de la calle, donde mi abuelo Falucci está enterrado. Mi padre está aquí porque, cuando él murió, mi madre no se había convertido al catolicismo, y no les permitieron enterrarlo en el cementerio católico. Nonny aún sigue disgustada por aquello.

–¿Qué tal te va, Freddy? –le dice Tío Paulie al suelo. Tío Paulie siempre habla mirando al suelo como si mi padre fuese a reptar fuera de su tumba para salir a fumarse un pitillo con él.

Nonny se pone de rodillas y empieza a arrancar hierbajos, aunque la de mi padre ya es la tumba mejor arreglada de todo el cementerio. El encargado del mantenimiento del cementerio, un tipo viejo y flaquito que se llama Lou, pone especial cuidado en la parcela de mi padre. Tío Ralphie le manda jamones en Navidad. Y ni que decir tiene que pasamos por allí todas las semanas. Para ser sincera, lo odio. Sólo voy porque a Nonny la hace feliz.

–Hace un día precioso para venir de visita, ¿eh, Penny? –dice Tío Paulie, dando una calada a un puro. Supongo que a los muertos no les molesta el olor.

Pero Tío Paulie tiene razón. Hace un día perfecto, no demasiado caluroso, y empiezo a pensar que a lo mejor hay peores formas de pasar el tiempo que estar aquí, en el Cementerio La Arboleda Sombría. Es un cementerio tranquilo, con árboles por todas partes. No es un mal sitio para estar muerto, a decir verdad.

La tumba de mi padre está encajonada entre Stuart Brandt, un joven soldado, y Cora Lamb, una niña que murió a los nueve años. La lápida de Stuart dice:

STUART BRANDT
Valiente soldado e hijo adorado
Dio su vida por nuestra libertad
19 de marzo de 1923 – 6 de junio de 1944

Cora tiene una escultura de mármol en su tumba, un ángel bebé con alas regordetas. Una vez, cuando estábamos visitando la tumba de mi padre, conocí a la madre de Cora Lamb. Era una mujer mayor con el pelo gris. Le pregunté de qué murió Cora.

–Fue la gripe –dijo la señora Lamb.

A veces pienso en Cora Lamb. ¿Le gustaba el helado de nueces de pecán y leía las páginas de humor? ¿Discutía con su madre por la ropa que se iba a poner? ¿Tenía un juguete preferido? ¿Alguna muñeca exótica? Bueno, es que a veces es importante conocer la historia de la gente.

Mis tíos me cuentan historias acerca de mi padre todo el tiempo. A Tío Dominic le gusta contar la historia de cómo mi padre y él se fueron a la ciudad de Nueva York siendo unos adolescentes y les robaron las carteras. Así que mi padre se plantó en la esquina de la calle 42 con Broadway y cantó todas las canciones de Bing Crosby que se sabía, hasta que reunieron suficiente dinero para el billete del tren de vuelta. Tío Paulie siempre cuenta la de cómo mi padre apostó 20 dólares a un pony llamado Pato de la Suerte en el hipódromo y ganó, y les compró a todos una bolsa de cacahuetes.

Mi abuela está llorando.

–Freddy –dice Nonny, dando palmaditas en la lápida–. Muy mal lo que pasar a mi niño. Aquellos hombres malos. *Non è giusto. Non è giusto.*

–¿De qué está hablando? –le pregunto a Tío Paulie–. ¿Qué hombres malos son ésos?

Tío Paulie se aclara la garganta.

–Eh... los médicos que lo trataron. Los culpa por lo que pasó. Ya sabes lo que opina ella de los hospitales.

Nonny odia los hospitales. Se cortó un dedo una vez picando un diente de ajo y se negó a ir al hospital. Todos pensamos que iba a perder el dedo pero, al final, no lo perdió.

–En cualquier caso, ¿de qué murió mi padre, Tío Paulie? –pregunto.

–De neumonía –contesta enseguida–. Un caso especialmente malo de neumonía.

Frankie se nos acerca sigilosamente.

–¿Neumonía? Ésa es una muerte muy aburrida. ¿Por qué no, mejor, de un tiro en la cabeza? ¿O, tal vez, apuñalado en el callejón de atrás?

–Anda, cállate, chaval –le dice Tío Paulie–. Es la última vez que te traigo aquí.

Si mi familia italiana no hablase de mi padre, yo no sabría absolutamente nada de él, porque mi madre nunca me cuenta nada. Lo más que ha llegado a decir de él es que le gustaba Bing Crosby y, sinceramente, ¿qué información acerca de una persona te aporta ese dato? Nada, eso es lo que te aporta.

Debajo de la cama de mi madre hay una caja que encontré de forma accidental. Escarlata O'Hara tiene la costumbre de robarme los calcetines para después esconderlos, generalmente debajo de las camas, así que lo que yo buscaba era un calcetín cuando encontré una caja de color rosa con compartimentos. No había gran cosa dentro: unas cuantas tarjetas, un ramillete de flores secas, algunas caracolas, un taco de fotografías. En una de las fotografías estaba mi madre cuando era más joven, tendría unos veinte años. Estaba en traje de baño en la playa y sonriéndole a la cámara. Parecía una persona completamente diferente, tan feliz y despreocupada.

Debajo de todo, en el fondo de la caja, había una postal con una foto de Atlantic City. Era de un hotel, el Chalfonte-Haddon Hall, «en el justo centro de todo, en la playa y el paseo marítimo». El texto estaba escrito con la letra de mi madre:

Queridos Madre y Papá:
Aquí estamos de viaje de novios, pasándolo en grande. Nuestra habitación es muy bonita y tiene vistas al océano.
El cielo está despejado, hace fresco y tenemos muchísimas ganas de todo.
Besos a todos
Ellie y Freddy

Garabateada debajo, esta vez con la letra de mi padre, había una notita que decía:

Soy el tipo más afortunado del mundo.

Nunca le dije nada a nadie de la postal; ni siquiera a Frankie, y a él se lo cuento todo.

–Será mejor que vayamos volviendo –dice Tío Paulie, ayudando a Nonny a levantarse.

Mientras recorremos la Avenida Celestial del Cementerio

La Arboleda Sombría, me enorgullezco de que fuera mi padre el hermano inteligente que cantó para pagar el billete del tren y el tipo estupendo que compró cacahuetes para todo el mundo después de que ganara su pony.

Pero, por encima de cualquier otra cosa en este ancho mundo, es al hombre que escribió en aquella postal «Soy el tipo más afortunado del mundo» a quien yo quisiera haber podido conocer.

Capítulo seis
Tíos, tíos por todas partes

Mi madre siempre me dice que, a pesar de que la familia de mi padre está llena de hombres, no me deje guiar por las apariencias. En realidad, son las mujeres las que llevan los pantalones.

Hoy es domingo y eso significa cena en casa de Nonny. Los sábados cenamos en casa, normalmente comemos asado seco con patatas quemadas porque Me-me lo deja en el horno demasiado tiempo. No sé cuándo empezó esta tradición, la de que yo vaya a cenar con la familia de mi padre los domingos; siempre ha sido así. Y siempre voy solamente yo, nunca van ni mi madre, ni Me-me, ni Pop-pop.

En mi familia italiana, empiezan la cena temprano, por la tarde, así que me voy para allá después de comer. Están todos sentados a la mesa en la cocina de arriba y el aire huele a limones. Ponen los limones en las licoreras del *chianti* casero. Suena una ópera italiana en el tocadiscos. A mi familia italiana le encanta la ópera.

Aquí están todos mis tíos: Tío Paulie, Tío Ralphie, Tío Nunzio (que está casado con Tía Rosa y viven en la puerta de al lado, con dos leones de piedra custodiando la entrada principal), y el padre de Frankie, Tío Angelo. Ésos son mis tíos de verdad. Nonny tuvo seis hijos: mi padre, Tío Dominic, Tío Paulie, Tía Teresa, Tío Ralphie y Tía Rosa. Luego están los primos de mi padre, a los que Frankie y yo llamamos tíos igualmente. Está Tío Sally, cuyo auténtico nombre es Salvatore; Tío Chick, que trabaja en una fundición de hierro; Tío Louis, que cría higueras en el jardín de detrás de su casa; mi otro tío Louis, a quien todos llaman Louis Pequeño porque es el más joven, aunque pesa 150 kilos y no es que sea precisamente pequeño; de hecho, creo que no le vendría mal ponerse a dieta. Más o menos ésos son todos. Creo que no hay ninguno que no sea italiano, quitándome a mí, y hasta yo lo soy a medias.

En momentos como éste desearía entender el italiano. Pero a nosotros los niños no nos lo enseñan porque dicen que lo nuestro es hablar inglés y ser buenos americanos.

Tía Gina dice que el motivo por el que no quieren que aprendamos italiano es que, durante la Segunda Guerra Mundial, Italia estaba en el bando equivocado, con Alemania y Japón, y los italianos que había en América salieron perjudicados por ello. Dice que hasta el padre de Joe DiMaggio tuvo problemas, y cuando incluso el papá de Joe DiMaggio puede tener problemas es que hay que andarse con ojo, así que por eso mis parientes hablan en inglés siempre que están fuera de casa. Pero Fankie opina que el auténtico motivo por el que no quieren que sepamos italiano es para poder mantener conversaciones secretas. De todas formas, Frankie y yo ya nos sabemos todas las palabrotas importantes.

–Aquí está nuestra chica de oro –dice Tío Nunzio. Lleva puesto un traje realmente bonito, gris carbón con raya diplomática. Es como lo que se pondría una estrella de cine de Hollywood.

Tío Nunzio es dueño de una fábrica de ropa, y seguramente por eso se pone ropa tan elegante. No es tan guapo como Tío Dominic, pero hay algo en él. Tiene esa manera de mirar a la gente, como si mirase directamente al alma de las personas. No creo que haya mucha gente que se meta con Tío Nunzio.

–Hola, Tío Nunzio –le digo.

–¿Cómo estás, mi amor? –me pregunta.

–Bien.

Hace un ademán hacia un plato de hojaldres italianos caseros:

–Come algo.

–Gracias –le digo y cojo una *sfogliatella*. *Sfogliatelle* son unos hojaldres rellenos de queso de ricota. El nombre es raro pero están buenísimos.

Tía Gina entra con Tía Rosa, a la que le gusta pellizcarme los mofletes, con Tía Teresa, que siempre parece estar agotada, y con nuestra prima, la Hermana Laura, que es monja.

Así son las cosas aquí: gente que va y viene. Siempre hay una olla al fuego con algo puesto a cocer, un vaso de *chianti* que le están sirviendo a alguien, macarrones en el horno. No les parece nada del otro mundo quedarse hasta las dos de la mañana jugando a juegos de naipes italianos como la *scopa* o la *briscola*. Yo no creo que mi madre haya estado ni siquiera despierta alguna vez hasta las dos de la mañana, y mucho menos que haya llegado alguien a casa a medianoche para unirse a una timba.

Me escabullo hacia fuera a buscar a Tío Dominic. No le gustan los grandes acontecimientos, ni aunque sean de la familia y, normalmente, sale a esconderse en su coche. El coche está vacío, así que doy una vuelta hasta encontrarlo con las chicas, que es como él llama a sus perras.

Desde que tengo uso de razón, Tío Dominic siempre ha tenido perros y siempre han sido dachshunds. Yo los llamo salchichas porque se parecen a los perritos calientes que venden en el paseo marítimo. Ahora en concreto tiene dos: Reinita V y Reinita VI. Reinitas I, II, III y IV ya murieron y están enterradas en alguna parte del jardín. A los perros macho los llama Rey pero, hasta la fecha, sólo ha habido dos Reyes. Hace un par de años, Tío Dominic les construyó a las perras un corral para que pudieran destrozarlo y jugar sin que las atropellaran en la calle, que es lo que les pasó a todas las Reinitas, y a los Reyes también.

Cuando llego a los corrales, Tío Dominic está hablando con una de las perritas.

−¿Cómo está mi chica preferida? −le está diciendo, como si un perro fuese una persona normal. Tío Dominic les habla mucho a sus perras, y cocina cosas especiales para ellas. Pensándolo bien, creo que las prefiere a las personas. Dice que son más agradables. Además, a ellas les da igual que vaya en zapatillas de andar por casa.

Nonny también adora a las Reinitas. Siempre las está rociando con el exótico perfume que Tío Paulie compra para ella, Tabú. Les habla en italiano, y probablemente son las únicas perras que conozco que entienden dos idiomas.

–Creía que tu chica preferida era yo –le digo.

Se queda perplejo durante un momento y, luego, dándose cuenta de que soy sólo yo, se relaja.

–Hola, princesa.

–¿Les has enseñado algún truco nuevo?

Tío Dominic dice que los perros salchicha son listísimos. Aunque yo no estoy muy segura. No pueden ser demasiado listos cuando se pasan el día persiguiendo a los coches para que terminen atropellándolos.

–Estoy preparando una cosa –dice–. Te la enseñaré cuando esté lista.

Tía Rosa asoma la cabeza por la puerta, con el sol brillándole en la espesa y oscura cabellera.

–¿Qué hacéis vosotros dos ahí fuera?

Ella es la hermana menor de mi padre, el bebé de la familia. Cuando era adolescente siempre se estaba escapando a la ciudad de Nueva York. Mis tíos tenían que ir para allá, encontrarla y traerla de vuelta a casa. La historia es que sus hermanos se cansaron de seguirle la pista, así que mandaron al amigo Nunzio a buscarla, y cuando la trajo de vuelta resulta que se habían prometido en matrimonio. Debe de ser que Tío Nunzio tiene mucha labia.

–Aquí, jugando con las Reinitas –digo yo.

–Bueno, venid para dentro, que la cena ya está lista –dice ella.

–Vamos –dice Tío Dominic. Él nunca come con nosotros, lo cual, en serio, resulta muy extraño en una familia italiana. Es como una sombra; entra y sale a la deriva, sin que nadie le preste demasiada atención, excepto yo, tal vez.

En un instante estoy sentada a la larga mesa del comedor con el mantel de encaje que hizo Nonny, ella solita. Estamos todos allí metidos, todos hablando a la vez, riendo y discutiendo, y hay un ruido enorme.

El bebé Enrico, hijo de Tía Rosa, viene dando tumbos hasta mi silla. Tiene casi dos años y es, de verdad, muy revoltoso. Pero tiene la mejor sonrisa del mundo.

Levanta los brazos hacia mí y me dice:

–¡Te aúpe, te aúpe!

Lo que está tratando de decir es «¡Aúpame!», pero él cree que es «¡Te aúpe!» porque la gente le dice: «¿Quieres que te aúpe?».

–Ven acá –le digo. Lo cojo y me lo siento en el regazo. Él agarra lo que puede de mi plato, coge un trozo de pan para mordisquearlo y después trata de metérmelo en la boca.

–¡Come! –me ordena. Éste ya es italiano.

Frankie y yo acaparábamos toda la atención de los mayores hasta que empezaron a aparecer todos los primitos bebés. Además de Enrico, están Gloria, el bebé de Tío Ralphie y Tía Fulvia, Michael, el hermanito de Frankie, y Tía Rosa está otra vez embarazada. A mí me encantan los primitos bebés, sobre todo Enrico, pero odio cambiar pañales apestosos.

Aquí la cena es un gran evento y dura varias horas. Normalmente, empezamos con una sopa, después nos comemos los macarrones, luego algo de carne, como falda de ternera o *braciole*, que son rollitos de carne de vaca a la brasa con verduras y patatas. Después de eso hay ensalada, sólo lechuga con aceite y vinagre, sin tomates ni otras cosas. Después hacemos un descanso y todos los hombres se van al salón a beber anís o salen al jardín a jugar a los bolos mientras las mujeres se sientan juntas a comer hinojo crudo. Luego vienen el café, los frutos secos, la fruta y los licores. Después de todo eso, a veces picamos algo.

Yo arranco con la sopa, que tiene escarola y trocitos de huevo. La comida que me dan aquí es completamente diferente de lo que como en casa. Aquí la comida lo es todo. Incluso la comida tiene nombres diferentes. Aquí a la pasta la llaman macarrones. En casa decimos tomate frito y aquí lo llaman salsa.

–¿Por qué no te pasas por la fábrica, Penny? –me dice Tío Nunzio–. Ven a recoger tu abrigo de otoño. Ya tenemos los nuevos modelos.

Todos los años tengo abrigo nuevo gracias a Tío Nunzio. Igual que otras muchas prendas de ropa: manguitos, sombreros, faldas con chaqueta a juego. Nunca tengo que ir de compras como la gente normal. Simplemente le digo a Tío Nunzio lo que me gusta y él hace que una de sus modistas me lo confeccione.

–Bueno –le digo–. Gracias.

Nonny entra en la sala trayendo una cazuela enorme. Entre Nonny y mis tías cocinan lo bastante como para dar de comer a un ejército. «Es por si viniera más gente», dicen siempre.

Hoy ha hecho lasaña, que es mi plato preferido.

–Tiene buena pinta –le digo mientras me pone una buena porción en el plato. Siempre me pone demasiado en el plato, y se enfada si no me lo como todo. No importa cuánto coma: nunca como lo suficiente para hacerla feliz.

Después de la cena, los tíos sacan los instrumentos y se ponen a tocar. Hay una trompeta, una mandolina, un violín y el piano. Ellos forman su propia banda. Pronto, todo el mundo está cantando, bailando y haciendo ruido, y ya está montada la fiesta.

Son alrededor de las seis cuando yo los dejo. Antes de irme, todo el mundo se despide de mí con dos besos, uno por mejilla, cosa que nunca se hace en mi familia. También me dan algo de dinero, me pasan billetes de un dólar enrollados. Y a mí como que me gusta esa costumbre.

–Te llevo en coche –dice Tío Dominic. Soy perfectamente capaz de ir andando yo sola, pero él nunca me deja. Casi es peor que mi madre.

Al llegar a mi casa, espera con el motor en punto muerto en la acera y me mira hasta asegurarse de que entro sin problemas. Le digo adiós con la mano. Voy al salón y por un momento pienso que están todos dormidos o algo así. Pero están todos en el comedor, cenando.

Están tan callados que es difícil saber que están ahí.

A la mañana siguiente le pido la bici prestada a Frankie y voy a la fábrica de Tío Nunzio.

La fábrica de ropa está al otro lado del pueblo. Es un edificio grande de ladrillo parecido a todos los demás edificios grandes de ladrillo. Durante la guerra, en la fábrica se hacían uniformes para los soldados pero ahora se hace ropa normal, sobre todo hacen unos abrigos de lana preciosísimos. Antes de entrar, ya se oye el ruido de las máquinas de coser.

Carolina, la secretaria de Tío Nunzio, está sentada detrás de su mesa, a la puerta del despacho de mi tío. Lleva un traje muy elegante con un broche de flores de tela.

–Hola, cari. Tu tío está hablando por teléfono. Termina en un minuto –me dice.

Me siento en un banco a esperar. Hace calor allí dentro, mucho calor, a pesar de que están los ventiladores encendidos, y lo lamento por todas las chicas que están con las máquinas de coser, fila tras fila, sudando. Casi todas son de Italia.

–¿Te apetece una barrita de caramelo? –me pregunta Carolina acercándome la lata.

–Claro –digo cogiendo una.

–¿Cómo está tu madre? –me pregunta. Mi madre y ella fueron juntas a la escuela.

–Está bien, gracias.

–Cada día te pareces más a ella –dice.

–Solamente espero que ella no llevara este peinado cuando tenía mi edad.

Carolina se ríe.

–Uy, tu madre bien podría haber llevado ese peinado. Era la chica más rompedora que yo conocía.

—¿Mi madre era rompedora? ¿Me lo puedes jurar? —no consigo de ninguna manera imaginarme a mi madre así. Ella, que no saldría de casa sin un paraguas y una bufanda ni aunque hiciera bueno fuera.

—¿Me crees capaz de mentirte? —dice Carolina con una carcajada—. En nuestro último año, ella ayudó a robar la mascota de nuestra escuela rival, que era una cabra.

—¡Una cabra!

Se abre la puerta del despacho y, allí de pie, aparece Tío Nunzio.

—Si es la princesita —dice con una amplia sonrisa.

—Hola, Tío Nunzio —le digo.

—Pídele a Alberto que entre un minuto, ¿eh, Carolina? —dice Tío Nunzio.

Un hombre mayor, bajito, con el pelo gris y una cinta métrica colgando del cuello, entra en el despacho. Alberto ha sido toda la vida el sastre de mi tío.

—Alberto —dice Tío Nunzio—, Penny necesita un abrigo nuevo.

—*Bellissima* —dice dirigiéndose a mí, y yo sé que eso significa «guapísima» en italiano.

Alberto me conduce fuera del despacho hasta una sala de trabajo de la fábrica donde almacenan los abrigos. Allí hay todo tipo de abrigos: abrigos con botones brillantes y cuellos de piel con guantes a juego y de todo. Encuentro un abrigo de lana cruda de color rojo arándano con cuello de piel de conejo y piel de conejo alrededor de los puños. Tiene manguito y sombrero a juego.

—Ése, por favor —le digo.

Alberto me hace probármelo, pero tiene las mangas un poquito largas. Se lleva el abrigo hasta una de las máquinas de coser y me lo arregla mientras yo espero.

Tío Nunzio está en su despacho mirando unos papeles cuando entro yo con mi abrigo doblado sobre el brazo.

–¿Ya tienes uno? –me pregunta levantando la vista.

–Sí –le digo levantando el abrigo–. Gracias.

–¿Te llevas el manguito también?

Sacudo la cabeza.

–Me llevo el sombrero.

–Llévate el manguito también –me dice–. Es de conejo. Lo mejor que hay –se acerca a la puerta y le dice a Carolina–: Consíguele el manguito a Penny, ¿de acuerdo?

–Enseguida, señor Rosati –le contesta.

–¿Y tu madre? –me pregunta–. ¿Necesita un abrigo nuevo?

–Seguramente –le digo, aunque sé que a mi madre, por alguna razón, no le gusta aceptar regalos de la familia de mi padre. A lo mejor es por temor a que le regalen más ojos de cordero.

Volvemos a la sala de los abrigos. Me señala el perchero del rincón.

–Coge alguno –me dice.

Echo un vistazo a los abrigos. Son todos tan bonitos, con adornos de visón, de conejo y de lince. Pero los ojos se me prenden en la estola de zorro rojizo. Hace juego con el color de su pelo y es algo que ella nunca se llevaría para sí misma ni en un millón de años. La piel del zorro brilla a la luz tenue y el zorro gruñe rabioso enseñando sus dientecillos, mostrando que no está contento de ser una estola.

El abrigo, el sombrero y el manguito van en la cesta de la bici pero la estola de zorro la llevo puesta alrededor del cuello durante todo el camino a casa, sintiéndome como una estrella de cine. Me imagino a mi madre con ella puesta, llena de glamour, aunque no estoy segura de adónde iría. Normalmente, pasa las noches de los viernes escuchando la radio con Pop-pop, con Me-me y conmigo.

Cuando yo era más joven, ella solía quedar para salir. Siempre eran tipos atractivos pero nunca volvían después de que me los presentara. Supongo que es porque no querían niños. Hace mucho que Madre no queda con nadie, pero yo no pierdo la esperanza de que Tío Dominic y ella lleguen a entenderse. Él es guapo y ya le caigo bien y estoy segura de que podría llegar a un acuerdo con él acerca de lo de vivir en el coche y hacer que se ponga un par de zapatos.

Al llegar a casa, Frankie me está esperando en el porche delantero.

—No aguantaba más el llanto del bebé —me cuenta. El pequeño Michael, de verdad, padece mucho de cólicos y supongo que nadie ha conseguido dormir mucho últimamente en casa de Frankie.

Ve la estola de piel y me pregunta:

—¿Ése es tu bonito abrigo nuevo? —a Frankie le molesta que los tíos siempre me estén haciendo regalos, a pesar de que sabe que es porque mi padre está muerto y les doy mucha pena a todos.

–No es para mí. Es para Madre –le digo–. Esto es lo que es para mí. Sujeto en alto el abrigo rojo.

–*Princesita* –se burla–. Vas a parecer Caperucita Roja con ese atuendo.

–Anda, cállate, Frankie –le digo.

Frankie me sigue hacia dentro de la casa. Está oscura y en silencio.

–¿Me-me? ¿Pop-pop? –los llamo y entonces encuentro la nota encima de la mesa.

Penny:

Nos hemos ido de compras. Mete el guiso de atún en el horno a las cuatro y media.

Besos, Me-me

–¿Te quieres quedar a cenar esta noche? Me-me ha hecho un guiso de atún –le digo a Frankie.

Se lo piensa y después sacude la cabeza.

–Qué va, quiero llegar con vida al final del verano.

Frankie ha traído su guante de béisbol, así que salimos al jardín de atrás. Quiere practicar las paradas con el guante, y me hace tirarle pelotas bajas. Después de unos cuantos tiros rasantes, lanzo la bola bien alto por el aire.

–Ya te digo, qué triste injusticia que seas una chica –me dice–. Ese brazo tuyo es como un cañón.

Frankie siempre trata de que entre en su equipo. De vez en cuando lo hago, si no tienen chicos suficientes.

–Te lo aseguro –dice Frankie–. Tienes talento. Debe de ser la sangre de Tío Dom.

–Mientras no termine viviendo en un coche –le digo.

–Si hubiera seguido jugando al béisbol, no estaría viviendo en el coche –dice él.

–¿Y tú por qué crees que lo dejó? –le pregunto.

–Yo qué sé –dice–. A lo mejor es que no era tan bueno. Tengo que usar la lata.

«Tengo que usar la lata» es su expresión preferida. Se la oyó a Benny y ahora la utiliza cada vez que se le presenta la ocasión. Suena mucho más macarra que «hacer pipí».

Al cabo de un rato empiezo a preguntarme dónde se habrá metido Frankie. Entro en la casa y oigo un ruido de agua que corre. Voy a mi habitación y veo que el techo está goteando. Para cuando llego al cuarto de baño de arriba, Frankie ya ha puesto todas las toallas en el suelo y todavía está saliendo agua por el retrete.

–¿Pero qué has hecho? –le increpo.

–¡Nada! –dice.

–¿Por qué has tenido que usar este cuarto de baño?

–No sé. Me gusta. Es más grande –dice.

–¡Tienes que hacer que pare! –le digo.

–Tráeme una llave inglesa –me ordena, igualito que Pop-pop.

Voy corriendo al piso de abajo y agarro la caja de herramientas. Para cuando llego arriba, la fuga se ha reducido a un hilillo de agua.

–Este maldito retrete –digo.

–Venga, dame eso –dice Frankie, coge una llave inglesa y se pone a mirar detrás del retrete–. Creo que es esto lo que está parando el agua.

–¿Estás seguro de que sabes lo que estás haciendo? –le pregunto.

–Claro, claro –dice–. No hay problema.

Frankie gira algo, oigo un crujido y, de repente, empieza a salir agua por todas partes. ¡Una inundación en toda regla!

–¡Frankie! –le grito.

–¡No es culpa mía! –me grita él a mí.

La cabeza me da vueltas a toda velocidad. No puedo llamar a mi madre, porque está en el trabajo, y Me-me y Pop-pop están de compras.

–Estoy llamando a Tío Dominic –le digo, y, en cuanto esas palabras salen de mi boca, sé que estoy haciendo lo que debo hacer.

Llamo al colmado y es Tía Fulvia la que me coge el teléfono.

–¿Qué pasa, cari? –me pregunta.

–Tengo que hablar con Tío Dominic –le digo apurada–. ¡Es una emergencia!

Tío Dominic se pone al teléfono y le cuento lo que ha pasado. Se pone en marcha y sale de su coche unos instantes más tarde con una caja de herramientas. Con las zapatillas de andar por casa y el delantal ensangrentado del Colmado Falucci, es algo digno de ver.

–No logramos pararlo –le digo–. No sé qué puedo hacer.

Frankie está esperando en lo alto de la escalera.

–¿Has sido tú? –le pregunta Tío Dominic.

–¿Cómo? –dice Frankie–. Se ha roto él solo. Siempre se está rompiendo. Díselo tú.

–Es cierto –digo yo.

Cuando llegamos al cuarto de baño, Tío Dominic echa un vistazo detrás del retrete y sacude la cabeza.

–Quedaos aquí. Tengo que bajar al sótano.

Frankie y yo no nos atrevemos ni a respirar, esperando, y de repente el agua para.

–¡Ha parado! –chillo.

Tío Dominic vuelve pasado un minuto.

–¿Cómo lo has hecho? –le pregunta Frankie.

–He cortado el agua, nada más –dice.

–Vaya hombre –dice Frankie–. ¿Eso era todo? ¡Eso podría haberlo hecho yo!

–Frankie –dice Tío Dominic–, no creo que te haya llamado Dios para la fontanería.

Frankie hace un gesto de desprecio con la mano.

–Como si yo quisiese ser fontanero.

Tío Dominic se pone a cuatro patas al lado del retrete y acciona aquí y allá. Entonces baja otra vez al sótano y vuelve a abrir la llave del agua. Al volver arriba dice:

–Ya con eso tendría que estar.

–¿Se puede usar? –le pregunto.

Tío Dominic tira de la cadena para ver qué pasa. ¡No se sale!

–Estás a salvo –me dice.

Tío Dominic, Frankie y yo secamos con la fregona toda el agua y, cuando terminamos, ha quedado como nuevo. Bueno, a pesar de que todos los trapos están empapados y las toallas también. Lo arrastramos todo para fuera y lo colgamos en la cuerda de tender.

–Venga, Frankie –dice Tío Dominic–. Te acerco a casa.

–Gracias, Tío Dominic –le digo y lo digo de verdad–. Me has salvado la vida.

–Por ti lo que sea, princesa –dice con una leve sonrisa.

Al tumbarme en la cama aquella noche, me quedo mirando mi abrigo rojo nuevo que está colgado detrás de la puerta. Es bonito, probablemente el abrigo más bonito que he tenido, a decir verdad.

Pero, al oír la cadena del retrete en funcionamiento, sé cuál de mis tíos me ha hecho hoy el mejor regalo.

Capítulo siete
El intérprete

Me despierto con la risa de mi madre.

Es un risa ligera y alegre: un sonido al que no estoy acostumbrada.

Salgo de las sábanas, abro la puerta de mi cuarto y voy al salón. Vislumbro a mi madre a través de la puerta mosquitera. Está de pie en el porche, hablando con el señor Mulligan. Ella tiene en la mano cuatro botellas de leche.

–Pat –le dice y se vuelve a reír.

Abro la puerta mosquitera y los dos paran de hablar.

–Hola, Gazapito –me dice–. Qué temprano te has levantado.

–Es que hace calor –le digo–. Hola, señor Mulligan.

–Hola, Penny –me dice con una gran sonrisa.

–El señor Mulligan estaba justo contándome que tal vez empiece a hacer una nueva ruta. ¿No te parece interesante, Penny? –me pregunta mi madre.

–Muy interesante –digo yo, tratando de que no se me cierren los ojos.

–Será mejor que me vaya yendo. Todavía tengo que hacer un montón de repartos –dice el señor Mulligan y se da un toquecito en el sombrero. Se vuelve para su camión, va silbando.

Entramos a la cocina y Madre se sirve una taza de café, sonriendo para sus adentros. Anoche no sonrió cuando le di la estola de zorro; simplemente meneó la cabeza y la guardó en el armario diciendo:

–A ver, ¿a dónde se supone que puedo ir con esto?

–Vais a estar solos Me-me, Pop-pop y tú cenando esta noche –me dice–, yo tengo que trabajar hasta tarde.

–Bueno –le digo. A veces me siento mal por mi madre. Trabaja muchísimo. Ninguna de las madres de los otros chicos que conozco tiene que trabajar. Pero, claro, casi todos ellos tienen padre.

–¿Tienes que trabajar hoy en el colmado de tu tío? –me pregunta.

–Tenemos algunos repartos para esta tarde.

Frunce ligeramente la boca.

–Entonces, acuérdate de echarle esta mañana una mano a Me-me con las cosas de casa.

Me voy a mi habitación y vuelvo al cabo de un momento.

–Aquí tienes –le digo entregándole un sobre pequeño–. Tío Ralphie me ha pagado.

–Gazapito –me dice–, no tienes por qué darme tu dinero.

–Pero yo quiero –digo dirigiéndome al bote del Dinero de la Leche y echándolo dentro–. A lo mejor así podemos ahorrar y comprar una televisión.

–Ya veremos –dice ella, lo cual quiere decir que no.

–¿Vamos a ir a casa de Tía Francine y Tío Donald de vacaciones este verano?

–Sí –dice–. A finales de agosto.

–¿Tenemos que ir?

–Es que esa casa está justo en el lago –dice mi madre, queriendo decir que la casa es propiedad de unos parientes y nos sale gratis.

Tía Francine es la hermana mayor de mi madre. Su marido y ella tienen una cabaña en el Lago George, al norte del estado de Nueva York, y allí es donde vamos todos los veranos. Debería ser divertido, pero no lo es porque siempre tengo que estar cuidando de la hija de ellos que tiene siete años, mi prima Lou Ellen. Lou Ellen es una repipi.

El verano pasado se puso furiosa porque yo no quería jugar a las muñecas con ella. Aquella noche, cuando nos estábamos bañando juntas, de repente alargó el brazo, abrió el grifo del agua caliente y me quemó la espalda. Madre me mandó a toda prisa de vuelta a casa a ver al doctor Lathrop, nuestro médico de cabecera, porque no se fiaba del médico que hay en el lago. Hasta tuve que ir al hospital y todo. El doctor Lathrop había estado en el ejército y sabe todo lo que hay que saber de quemaduras. Me puso en la espalda esa medicina que se llama Rojo Escarlata, que me manchó toda la ropa que llevaba puesta. Tuve que hacerme con todo un guardarropa nuevo.

La peor parte, sin embargo, fue contemplar a mi madre. Se puso como una loca cuando me quemé. Todo el viaje hasta casa me lo pasé asegurándole que no me dolía. El doctor Lathrop dijo que se me habían destruido las terminaciones nerviosas y que por eso no sentía el dolor. Ya no pude hacer nada durante todo el resto del verano: ni béisbol, ni montar en bici, ni jugar, ni ir a la playa, ni nada. Sólo tumbarme sobre la barriga a escuchar la radio y los eructos de Pop-pop. Pero Madre pensaba que yo me iba a morir. Incluso ahora me sorprende que me deje salir de casa.

–Bueno, pues no me pienso dar ni un solo baño con Lou Ellen –le digo.

–Me parece buena idea –dice mientras unta de mantequilla una tostada y me la pasa a mí–. ¿Te hace ilusión tu cumpleaños? Ya casi lo tenemos encima.

–Supongo –le digo encogiéndome de hombros. De pequeña, siempre le pedía a mi madre un padre de regalo, pero ya hace bastante que no se lo pido.

–El de los doce es un cumpleaños importante –dice.

A mí, tener doce siempre me ha parecido ser ya muy mayor. Las chicas que tienen doce años están en séptimo, se preocupan por cómo llevan el pelo y siempre están tratando de cogerles prestados los sostenes a sus hermanas mayores.

–¿A ti qué te regalaron al cumplir los doce? –le pregunto curiosa.

–Mi primera joya de verdad –me dice.

–¿De verdad?

–Era un collar de perlas de una sola vuelta. Me-me y

Pop-pop dijeron que doce años ya son suficientes para cuidar de algo precioso. Todavía lo tengo.

—Ya sé qué collar es —le digo.

—Me lo puse en mi primer baile serio. El vestido era de crep, de color melocotón —recuerda ella mirando por la ventana, jugueteando con el anillo de rubí en el dedo. Es el anillo de pedida de mi padre.

El sol pasa a través de los visillos de paño verde y mi madre está guapísima ahí de pie. Es la mujer más guapa que yo haya visto cuando sonríe, pero eso no ocurre con suficiente frecuencia.

—¿Lo besaste? —le pregunto—. ¿Al chico con el que fuiste al baile?

—¡Pero Penny!

—Bueno, ¿lo besaste?

—A ver, Gazapito, ¿qué vas a saber tú lo que es besar a alguien?

No mucho. No logro imaginarme besando a ningún chico, y por descontado a ninguno de los que van a la escuela conmigo. ¿Cómo se puede besar a alguien que se metía el dedo en la nariz en el jardín de infancia?

Mi madre se espabila y mira el reloj que lleva en la muñeca.

—¡Pero mira qué hora es! A este paso voy a llegar tarde al trabajo —dice y me da un abrazo rápido, su perfume danzando alrededor de mí, lirios silvestres.

Bastante después de que se haya ido, me imagino a mi madre —joven, guapa y con su vestido de crep de color melocotón— dando vueltas bajo la luna entre los brazos de mi padre mientras Bing Crosby canta dulcemente *Bailando en la oscuridad.*

Me-me está lavando los platos del desayuno cuando Pop-pop dice:

–Había pensado llevarme a Penny a dar una vuelta por el pueblo, ¿necesitas que te traiga algo?

Me-me sonríe y dice:

–Espera a que saque la lista.

Pop-pop me guiña un ojo y yo aparto la mirada.

No soy para él más que una excusa para ir al estanco a comprar puros. Se supone que ya no puede fumar puros, porque a Me-me no le gusta el olor que dejan por toda la casa, pero él sigue comprándolos siempre que encuentra la ocasión y se los fuma a escondidas. Hay una pila de colillas de puro detrás del arbusto de azaleas del jardín trasero que no para de aumentar de un tiempo a esta parte.

Me-me me alcanza la lista. Sabe que es mejor que dársela a Pop-pop.

–¿Preparada para arrasar el pueblo? –me pregunta Pop-pop, y se da un toque en el sombrero.

–Preparada –le digo.

Empezamos a bajar por nuestra manzana. Pop-pop anda bastante bien con el bastón. Me he dado cuenta últimamente de que no le cuesta mucho trabajo andar cuando quiere ir a comprar puros. Sólo cuando Me-me le pide que saque la basura entra en acción su vieja herida de la guerra.

–Hola, señora Farro –llama Pop-pop.

Durante la Segunda Guerra Mundial, Pop-pop era el capitán de nuestra manzana, así que conoce a todo el mundo. Durante los simulacros de ataques aéreos, él tenía que recorrer el barrio asegurándose de que la gente tenía las persianas bajadas y las luces apagadas; si no, los alemanes y los japoneses sabrían adónde apuntar las bombas. La señora Dubrowski, que vive en la puerta de al lado y es medio excéntrica, siempre se negaba a apagar las luces durante los simulacros, por más que Pop-pop tratara de razonar con ella una y otra vez. Pop-pop creía que nos iban a bombardear hasta el día del juicio final por culpa de «aquella mujer».

–Esos tomates tienen buena pinta –dice.

–Gracias a este sol que hace –dice la señora Farro–. Creo que ha sido la mejor cosecha desde la guerra.

Pop-pop dice que, durante la guerra, la comida estaba racionada y hacia el final no quedaba mucha carne, así que la gente empezó a preparar las hamburguesas utilizando pasta de alubias y las llamaban «trumanburguesas», por el presidente Truman. Me-me dice que había escasez de mantequilla y por eso se usaba margarina. Me contó que venía en bloques blancos y, para que tuviese mejor aspecto, había que amasarla con un colorante amarillo anaranjado que traía el paquete. Yo todavía no sé qué tenían que ver Alemania y Japón con que nosotros aquí no tuviéramos carne ni mantequilla. Es una más de esas cosas que probablemente nunca entenderé, como lo de que a mi madre no le guste la familia de mi padre.

La familia de mi padre no habla de la guerra, pero Pop-pop claro que habla, cada vez que tiene la oportunidad. La historia preferida de Pop-pop es sobre un amigo suyo que era intérprete. Ese tipo estaba en la universidad, en Harvard. Los del gobierno lo reclutaron y le enseñaron japonés, y era él quien se encargaba de interrogar a los prisioneros de guerra japoneses en California. La información que les sacó a los prisioneros ayudó al gobierno a decidirse a lanzar la bomba atómica en Nagasaki. La primera bomba atómica fue la que lanzaron en Hiroshima pero, después de que tiraran la segunda en Nagasaki, los japoneses se rindieron.

Pop-pop me enseñó una fotografía del intérprete en la rendición de los japoneses en la Bahía de Tokio. Se le ve como triste. Cualquiera pensaría que tendría que estar contento de que la guerra terminara, pero supongo que no lo estaba.

A veces yo me siento como una intérprete. Madre siempre me está preguntando esto o lo otro acerca de la familia de mi padre y yo tengo que andar adivinando lo que ella quiere decir, como si hablara en un idioma diferente. Algunas cosas hacen que se enfade sin más. Como cuando se entera de que los tíos me han llevado al Cementerio La Arboleda Sombría. No sé por qué se molesta tanto por eso; uno pensaría que a ella debería alegrarle que yo visite a mi padre, pero le hace el efecto contrario. O cuando se enfada porque voy a la iglesia católica con Nonny, a pesar de que ella misma no va a misa. O cuando me hacen regalos exóticos o cosas así. Hay veces en las que simplemente desearía entender el idioma que ella habla.

–¿Podemos almorzar en la Konfitería? –le pregunto a Pop-pop. La Konfitería es una cafetería que tiene un grifo de soda. Hacen unas cremas pasteleras y unos postres helados de chuparse los dedos.

–Algo tendremos que comer, supongo –dice y, a continuación, murmura–: Reconozco que en cualquier lugar estaremos más a salvo que en la cocina de tu abuela.

La Konfitería esta casi vacía; aún es demasiado temprano para que venga todo el mundo a almorzar. Hay una señora sentada con su hija en una mesa de bancos corridos y un hombre sentado a la barra tomando café.

Nos sentamos a la barra y la camarera viene a tomar nota de lo que vamos a comer.

–¿Qué puedo ofrecerles?

–Hamburguesa Deluxe –dice Pop-pop y se vuelve hacia mí–. ¿Tú qué vas a querer?

–Una copa de helado de nueces de pecán con chocolate caliente, por favor.

Pop-pop se me queda mirando.

–¿Ése va a ser todo tu almuerzo?

–Sí, señor –le digo.

–No se lo digas a tu abuela –me dice.

Nos sirven la comida y me como una cucharada del helado. Está delicioso. El chocolate caliente tiene un sabor perfecto mezclado con el helado de nueces de pecán.

Observo a Pop-pop que está sacando de la hamburguesa el tomate, el pepinillo, la lechuga y la cebolla y los está poniendo en un platito que tiene al lado. Hace lo mismo con las patatas fritas.

–¿Por qué no pides directamente la hamburguesa sin nada? –le pregunto.

–Me gusta la Deluxe –dice–. Me gusta saber que me puedo comer todo eso si quiero.

–Pero nunca te lo comes –le digo.

–¿Qué es esto? ¿Un interrogatorio?

Pop-pop fulmina la hamburguesa en cosa de cuatro bocados, luego se recuesta hacia atrás y eructa con fuerza. Yo finjo que no lo conozco.

Pagamos, salimos a la calle y empezamos a andar otra vez. Nos cruzamos con un grupo de hombres en uniforme del ejército que entran en el salón de actos de los veteranos de guerras en el extranjero. Normalmente, el 4 de julio, los veteranos se ponen los uniformes y hacen un desfile. Pop-pop dice que, cuando terminó la guerra, hubo en Nueva York un gran desfile de esos en que la gente tiraba todo tipo de papelitos para homenajear a los héroes. Me habría gustado verlo.

Pop-pop se para delante del estanco.

–Será sólo un instante.

Me siento a esperarlo en un banco donde ya hay otro niño sentado. Se llama Robert, es flaquito, sólo está en segundo curso y siempre está sentado ahí fuera.

–¿Quieres una? –me pregunta enseñándome un puñado de bolas de chicle que se ha sacado del bolsillo.

–Gracias –le digo y cojo la bola roja. Está calentita y blanda, pero me la meto en la boca de todas formas.

–¿Dónde está Frankie? –me pregunta.

–En casa, supongo –le digo. No me sorprende que conozca a Frankie. Todo el mundo lo conoce. Es que Frankie es de ese tipo de chicos.

–¿Qué fuma tu padre? –le pregunto.

–Camel –dice–. ¿Y el tuyo?

–Puros –le digo–. Es mi abuelo.

Asiente sabiamente.

–Ya me había parecido un poco viejo.

Aparece un niño que se llama Arthur con su padre.

–Espera aquí con los otros niños, ¿me oyes? –le dice su padre.

Arthur se sienta al lado de Robert. Somos como los tres monos: el que no ve, el que no oye y el que no habla.

Al lado del estanco hay una cafetería. Allí siempre hay señores italianos mayores bebiendo un café tan cargado que parece alquitrán servido en tacitas y leyendo periódicos escritos en italiano. Son periódicos que los imprimen en italiano para que la gente que no habla inglés se pueda enterar de lo que está pasando. Tío Nunzio me contó que mi padre escribía para uno de esos periódicos en italiano de vez en cuando, aunque su trabajo principal era escribir para un periódico normal en inglés.

–*Buongiorno, signorina* –me saludan.

–*Buongiorno* –respondo.

–¿Cómo está hoy la niñita del profesor? –me pregunta uno de ellos.

–Bien, gracias –le digo.

Todos ellos adoraban a mi padre. Él les ayudaba, cuando estaba vivo, a traducir y escribir cartas, porque la mayoría de ellos no sabía inglés. Muchos de ellos lucharon por Italia en la Primera Guerra Mundial.

Siempre me ha parecido algo confuso que Italia estuviera de nuestro lado durante la Primera Guerra Mundial y del lado opuesto durante la Segunda Guerra Mundial. Debió de ser duro para los tíos míos que combatieron, porque pudieron haber estado luchando contra su propia familia. Tal vez por eso no les guste hablar de la guerra.

Pasan Stanley Teitelzweig y su hermano mayor, Jack.

–Hola, Penny –dice Jack parándose enfrente de mí.

–Hola –contesto, sintiendo un revoloteo de mariposas en el estómago.

–¿Estás pasando bien el verano? –me pregunta.

–Claro –le digo tímidamente. La verdad es que nunca antes me han interesado los chicos, no como a otras chicas de la escuela, pero Jack es diferente. Debe de ser por ese pelo oscuro suyo tan rizado y esos ojos verdes. ¡Es monísimo!

Stanley me está mirando la cabeza.

–Dime, Penny, ¿qué te ha pasado en el pelo?

–Eh-eh-eh... –tartamudeo yo–. Me lo he cortado.

–Chaval, la próxima vez deberías ir a otra peluquería –dice Stanley.

Cierro los ojos. Cuando los abro, Pop-pop está de pie al lado de Jack.

–¿Te están molestando estos chicos, Penny? –me pregunta Pop-pop con el ceño fruncido.

–Pop-pop –le digo con premura.

–A mí me huelen a problemas –dice y eructa con fuerza.

–Vámonos –dice Stanley agarrando a Jack del brazo–. Vamos a llegar tarde.

Mientras se alejan, Jack se da la vuelta para mirarme. Veo el gesto de impresión en su cara desde donde estoy sentada.

–Me he deshecho de ellos bastante bien, ¿verdad? –dice Pop-pop con voz de satisfacción.

–Y que lo digas –le digo, y suspiro.

Capítulo ocho
La ropa interior de Nonny

Es un día caluroso de julio, pero se está a gusto y fresquito en el sótano de Nonny.

Frankie y yo estamos echando una mano con la colada. Yo voy metiéndole ropa mojada a la escurridora como me enseñó a hacer Me-me. Los rodillos van apretando las prendas y escurriéndoles el agua. Me-me siempre dice que hay que tener cuidado porque se puede uno pillar los dedos con la escurridora si no se presta total atención.

Nonny está arriba, discutiendo con Tía Gina.

–Madre Falucci –le dice Tía Gina hablándole alto–, he contado tres huevos esta mañana. Me gustaría que, por lo menos, me pidiera las cosas antes de cogerlas de mi nevera.

Nonny le contesta a gritos en italiano y Tía Gina le chilla:

–¡Usted sabe perfectamente decir las cosas en inglés!

–Yo no sé cómo Tío Paulie lo soporta. Siempre se están tirando de los pelos –dice Frankie meneando la cabeza.

Por encima de nuestras cabeza, pasa volando un plato, y un par de zapatos de tacón del estilo de Tía Gina sale cabalgando por la puerta principal.

—Parece que ha ganado Nonny —dice Frankie con una sonrisita.

Yo adoro a Nonny. Es una viejecita testaruda.

—¿Te acuerdas de la cometa? —le pregunto.

Frankie sonríe con aire cómplice.

—Bobby tiene suerte de conservar las dos manos.

Una vez, cuando éramos pequeños, estábamos jugando en la calle, enfrente de casa de Nonny, con una cometa nuevecita que nos habían regalado los tíos. Entonces apareció Bobby Rocco, el típico niño abusón mayor que nosotros, y trató de quitarle la cometa a Frankie. Pero Frankie, que ya se sabe cómo es, no soltaba la cometa a pesar de que Bobby Rocco era el doble de alto que él. Empezaron a pelearse y, de repente, Bobby le dio un manotazo a Frankie como si fuese una mosca. El pobre Frankie cayó al suelo.

Bueno, pues Nonny estaba mirando por la ventana que da a la calle y, al ver lo que estaba pasando, agarró un cuchillo de carnicero y salió corriendo blandiendo el cuchillo hacia Bobby. Dijo que si le volvía a ver darle un manotazo a Frankie no le iba a dejar con qué dar más manotazos: ella misma le cortaría las dos manos. Y Bobby, desde entonces, nunca más ha vuelto a molestar a Frankie.

—¿Y qué crees que te van a regalar por tu cumpleaños? —me pregunta Frankie.

Todos los años los tíos me hacen un gran regalo. El año pasado fuimos al circo y después fuimos a cenar langosta.

El año anterior me regalaron una casa de muñecas preciosa. A Frankie los tíos también le hacen regalos por su cumpleaños, pero no tan grandes como los que me hacen a mí. Los tíos siempre están tratando de compensar el hecho de que mi padre haya muerto.

–No lo sé –le digo, aunque les he estado lanzando indirectas acerca de una bicicleta nueva para reemplazar la que Pop-pop atropelló con su coche.

–¿Tú crees que Tío Dom estaría dispuesto a enseñarme a conducir? –me pregunta Frankie–. Me figuro que, de todos los tíos, con el único que tengo posibilidades es con él –lo que quiere decir es que Tío Dominic es raro y hace cosas que nadie más hace, como vivir en su coche teniendo una habitación estupenda dentro de la casa.

–¿Por qué quieres aprender a conducir?

–Porque así me puedo conseguir un trabajo de verdad; ya sabes, ganar un buen dinero –dice.

–Frankie –le digo–, eres demasiado joven.

–Mira, señorita Sabelotodo, ya puedo conducir si quiero. Joey Fantone ya conduce, y tiene catorce años –dice Frankie.

Joey Fantone mide casi dos metros. El entrenador del equipo de baloncesto empezó a interesarse por él cuando estaba en parvulitos.

–Pero parece que tiene dieciocho –le digo–. Y se supone que aún no tendría que ponerse al volante.

–¿Me estás diciendo que no parezco lo suficientemente mayor como para conducir?

–Sí, eso es lo que te estoy diciendo –lo miro más de cerca–. ¿Me quieres decir a qué viene todo esto?

Frankie baja la mirada.

–Papá se ha quedado sin trabajo otra vez.

A Tío Angelo siempre lo están echando del trabajo. Probablemente no ayuda nada el hecho de que le guste mucho beber whisky. Antes, los otros tíos le daban dinero, le ayudaban con el trabajo, le buscaban ocupaciones y todo, pero tuvieron una discusión fuerte y desde entonces Tío Angelo dice que no quiere que nadie le eche una mano. Pero yo sé que Nonny y todas las tías le pasan dinero a Tía Teresa, y Tía Fulvia le deja gratis cualquier cosa que necesite del colmado.

–Cuando volvimos a casa ayer por la tarde estaba en el sofá. Dice que simplemente lo despidieron sin motivo. Sin motivo alguno.

–Ay, Frankie –le digo y, según me salen esas palabras de la boca, a Frankie se le oscurece el semblante. Si hay algo que Frankie no soporta es dar pena.

Trabajamos en silencio durante un ratito y entonces le digo:

–Tal vez deberías preguntarle a Tío Dominic. Quién sabe.

–Lo dices por decir algo –me dice.

–Pues sí –le digo y me río. A él se le escapa una sonrisa y ya sé que estamos bien otra vez.

Frankie sostiene en alto una enagua roja que parece bastante ceñida.

–Debe de ser de Tía Gina –dice.

–Lo que está claro es que de Nonny no es –digo yo.

–Oye, ¿tú crees que la ropa interior de Nonny es negra? –me pregunta.

–No lo sé –le digo y me encojo de hombros–. A lo mejor. Todo lo demás es negro.

–¿No sientes curiosidad?

–No mucha.

–Venga. Va siempre de negro, incluso en verano –dice.

–Es una tradición, ya lo sabes. Va vestida de luto. Por mi padre. Y por Abuelo también, supongo.

–¡Tengo una idea! –anuncia con un toque de emoción en la voz–. Vamos a registrar su habitación.

–¿Por qué no se lo preguntas y ya está? –le digo.

–Qué va; vamos a espiarla –dice él.

–Frankie...

–¿Bueno, qué? –me increpa–. ¿Me vas a ayudar o qué?

Tal vez porque yo también lo quiera saber, o tal vez porque Frankie es mi mejor amigo, mi primo, y porque haría lo que fuera para que deje de pensar en que su padre nunca hará nada bien, le digo lo que quiere oír. Le digo:

–Claro.

Nonny nos sirve el almuerzo en el comedor. Es sopa de albóndigas de ricota, que está buena de verdad. Nonny parece complacida cuando Frankie y yo le pedimos un segundo plato. No hay nada que le guste más que dar de comer a la gente.

Suena el teléfono. Desde que Tía Gina ha salido, Nonny coge el teléfono, escucha durante un minuto y luego dice:

–No hay nadie en casa. Adiós.

Frankie niega con la cabeza. Nonny siempre hace lo mismo si la persona que llama no habla italiano. Le da miedo hablar por teléfono.

Después de comer, Nonny sube al piso de arriba. Se da su baño de la tarde y luego duerme la siesta. A Frankie le parece que es el momento adecuado para mirar en su cuarto. Fingimos estar jugando a las cartas pero, cuando oímos que el agua empieza a correr, Frankie me hace una señal.

–Ahora –susurra.

–Ya voy, ya voy –le digo.

Subo sigilosamente la escalera, haciendo una pausa a la puerta del cuarto de baño para asegurarme de que Nonny está ahí. Se la oye murmurando una cancioncilla que me es algo familiar, como algo que se le cantaría a un bebé. Me apresuro por el pasillo hasta su dormitorio. Me siento como si estuviera infringiendo la ley por entrar ahí; es algo que, simplemente, no se hace.

La habitación está llena de pesados muebles oscuros y hay un crucifijo colgado encima de la cama. En el rincón hay un lavamanos con una jofaina que sé que la trajo de Italia: la única cosa que sobrevivió al viaje. La jofaina se rompió y la recompusieron con pegamento y yo no puedo evitar pensar que me recuerda a Nonny: pequeña, pero lo bastante fuerte como para dejar atrás al mundo entero.

Hay una cómoda grande de cuatro cajones. Abro el cajón de arriba, el cajón en el que casi todo el mundo guarda los calcetines. Como era de esperar, hay bolas de medias negras enrolladas y montones ordenados de pañuelos negros de encaje. El siguiente cajón hacia abajo tiene jerséis y blusas negras, pero no hay ropa interior. El siguiente hacia abajo tiene ropa de hombre, pilas organizadas de pantalones y camisas de botones con los cuellos cuidadosamente colocados. Sobresaltada, me doy cuenta de que deben de haber pertenecido a mi abuelo. No sé gran cosa de Abuelo, sólo que tocaba la mandolina. Murió antes de que yo naciera. Frankie dice que oyó que le dio algún tipo de ataque y cayó redondo. Me pregunto cuánto tiempo ha estado guardando Nonny esta ropa aquí y luego me pregunto cómo es que siempre es Frankie el que tiene las ideas y yo la que las lleva a cabo.

Para terminar, abro el cajón de abajo del todo y allí, puesto encima de todo, hay algo que es negro y sedoso, y me creo que he dado en el blanco. Sólo es un pañuelo negro, nada de ropa interior pero, al apartarlo, descubro que hay algo más.

Es una fotografía de Nonny sujetando en su regazo a un bebé regordete, redondo y bien alimentado, vestido con un faldón blanco. Le doy la vuelta a la fotografía y veo que alguien ha escrito «Alfredo». ¡Es mi padre! Seguro que todavía estaban en Italia; no vinieron para acá hasta que mi padre tuvo dos años. Todos los demás niños ya nacieron aquí.

Nonny está muy joven en la foto: el pelo todavía no se le ha puesto blanco y tiene la piel lisa como la porcelana. El fotógrafo ha captado justo el momento en que ella está mirando hacia abajo, al bebé, y no a la cámara, y la expresión de su cara es de una felicidad, de una alegría que me quedo mirándola. Parece la madre más feliz del mundo entero.

Debajo de la fotografía hay un álbum de fotos, y lo abro. Está lleno de recortes de periódico: artículos escritos por mi padre. Parece como si Nonny hubiera ido guardando todo lo que mi padre fue escribiendo. Casi todos los artículos son en inglés, pero hay unos pocos en italiano.

Empiezo a leer los artículos y es como si él estuviera en la habitación conmigo, con esa claridad oigo su voz dentro de mi cabeza.

«Parece que las elecciones van a estar muy reñidas entre...»

La puerta del cuarto de baño se abre y se cierra y se oyen los pasos acolchados avanzando pasillo adelante. Vuelvo a poner el álbum en su sitio y cierro el cajón justo a tiempo. Nonny abre la puerta envuelta en su albornoz, que es negro, naturalmente.

–¿Penny? –dice, sorprendida.

–Uy, hola, Nonny –le digo.

Estoy esperando a que se ponga a darme gritos por haber entrado en su cuarto pero, en vez de eso, simplemente cierra la puerta y se dirige andando hacia el tocador. Se sienta en el pequeño taburete, se quita la peineta de carey y me alcanza el cepillo. Solía cepillarle el pelo cuando era pequeña.

El cepillo es pesado, con un grueso mango de madera que se adapta bien a mi mano y unas pocas púas que aún están en su sitio. Le cepillo el pelo cuidadosamente. Lo tiene muy largo, casi le cubre toda la espalda. Cuando se lo he dejado liso y sin nudos, se lo recojo en una gruesa trenza, atándoselo al final con un trozo de lazo negro que ella me alcanza.

–Ya está –le digo–. Estás guapísima, Nonny.

Nonny se quita el albornoz y ahí está: una combinación blanca muy larga, de algodón de las que ya no se llevan, con una puntilla hecha a mano en el borde del dobladillo. La miro a los ojos y, de repente, me doy cuenta de por qué se viste de negro. Es su escudo, su armadura en un país del que no habla el idioma, donde todavía tiene miedo, después de tantos años, de responder al teléfono o atender a la puerta porque puede que no entienda lo que le vienen a decir. Es su manera de parecer implacable, de esconder el hecho de que se siente vieja, cansada y nostálgica.

–*Cocca mia* –me dice con voz de fatiga.

La ayudo a meterse en la cama y le arropo bien el cuello con la sábana. Se queda dormida antes incluso de que yo salga de la habitación.

Frankie me está esperando cuando llego al piso de abajo.

–¿Y bien? –me pregunta.

–Tenías razón –le miento–. Es negra.

Se da una palmada en la pierna.

–¡Lo sabía!

Pero yo sé que eso en realidad no importa. Con ropa interior negra, blanca o morada, ella siempre será mi Nonny.

Capítulo nueve
El efecto

Tío Dominic dice que lo bueno de un lanzamiento con efecto es que no se lo ve venir. Es el lanzamiento que puede dejar en ridículo incluso al mejor bateador.

Al volver a casa después de hacer el reparto de los pedidos con Frankie, encuentro a Madre en su dormitorio, sentada delante de su tocador. Lleva puesto un vestido que yo no le había visto antes. Es amarillo limón y no tiene tirantes. Le da un aire sofisticado y deja a la vista las pecas de sus hombros.

–¿Vas a salir a cenar? –le pregunto. No vamos a restaurantes muy a menudo y, creedme, es todo un acontecimiento cuando vamos.

–La verdad –dice– es que sí, voy a salir. Me-me te ha preparado pastel de carne con aceitunas.

Refunfuño. El pastel de carne con aceitunas de Me-me es tan malo que deberían meterlo en la cárcel.

—¿Vas a salir con Connie hoy también? —le pregunto.

Se da la vuelta en el pequeño taburete y me mira a los ojos.

—El señor Mulligan me ha invitado a cenar y a bailar.

—¿El señor Mulligan? —digo.

—Sí.

—¿El lechero?

—Sí.

—¿Vas a salir a cenar con el lechero? —le suelto.

Mi madre no necesita levantar la voz para que yo sepa que está disgustada.

—Se llama señor Mulligan, Penny, y es un hombre muy agradable. Y no tiene nada de malo que sea el lechero. Le va bastante bien con ese trabajo.

—Espera un momento —le digo, acordándome de cuando estaban los dos hablando en el porche—. ¿Ésta es la primera vez que sales con él?

Cavila un momento y luego me dice:

—No.

—¿Te has estado viendo con él? ¿Desde hace cuánto?

Ella se pone a mirar por la ventana, recogiendo las hojas muertas de la planta que hay en el alféizar de la ventana como quien no quiere la cosa.

—Desde no hace mucho.

¡Esto es incluso peor que el pastel de carne con aceitunas de Me-me!

Le miro el dedo anular y me doy cuenta de que no lleva nada; ¡el anillo de pedida ya no está!

—Madre, ¿dónde está tu anillo?

–Penny –me dice con voz pausada–, tengo que terminar de arreglarme. Lo hablaremos mañana por la mañana.

–Pero...

Me corta con la mirada.

–El señor Mulligan va a llegar a las seis –me dice, y entonces me da la espalda y empieza a ponerse el pintalabios.

Me quedo despierta esperando a que mi madre vuelva a casa. Escarlata O'Hara me hace compañía en el salón.

¿Todos estos años anhelando tener un padre y esto es lo que consigo? ¿El lechero? ¿Qué ha podido ver ella en él? Mi auténtico padre era guapo como una estrella de cine, no se estaba quedando calvo como el señor Mulligan.

–No me puedo creer que esté saliendo con el lechero, Escarlata O'Hara –le digo a mi perrita.

Ella aúlla como si estuviera tan impresionada como yo.

Pop-pop pasa por el salón y me dice:

–¿Qué estás haciendo aquí?

–No puedo dormir –le digo.

–¿Qué? –pregunta–. ¿Qué?

–He dicho que no puedo dormir –le digo más alto.

–Pues tómate un vaso de leche caliente.

–Odio la leche –murmuro–. Ahora más que nunca.

–Hum –dice él.

Cuando por fin oigo el ruido del motor del coche que llega, ya es tarde, cerca de medianoche. Me acerco discretamente a la ventana de la calle y miro a hurtadillas.

El señor Mulligan está dando la vuelta al coche y se acerca al asiento del copiloto. Le abre la puerta a mi madre y la ayuda a salir. Le susurra algo al oído y ella se ríe. Entonces él se inclina hacia delante y...

¡La besa! ¡En toda la boca!

En ese preciso instante, Escarlata O'Hara se hace pipí en la alfombra.

Yo opino exactamente lo mismo.

Unos cuantos días después, el sábado, entro en la cocina, abro la nevera y veo una fuente grande de pollo frito que tiene una pinta estupenda, allí solito. Es casi la hora de comer y tengo hambre, así que agarro una pata y estoy a punto de hincarle el diente cuando oigo a mi madre que dice:

–Eso es para más tarde, Penny.

–¿Para cuándo? –le pregunto.

–Ya sé que estás un poco disgustada por lo del señor Mulligan, pero es muy simpático –se apresura a decir mi madre–. Porque, cuando le conté lo forofa que eres de los Dodgers, se ofreció a venir aquí a escuchar contigo el partido de béisbol por la radio.

–¿Qué?

–Es para que os vayáis conociendo –dice–. ¿No es maravilloso?

¿Maravilloso? ¿Será *pazza*?

–Pero ya había quedado para escuchar el partido con Tío Dominic –miento.

–Aunque sólo sea por esta vez, lo puedes escuchar aquí –me dice.

–No, no puedo. Se lo prometí –le digo.

Ella frunce el ceño.

–Ya estuviste allí ayer, y esta semana prácticamente todos los días.

–¿Y qué? Me gusta estar allí. Allí se divierten. Se ríen. Comen cosas que saben bien. ¡El retrete de ellos no está siempre goteando!

–Penny –dice.

Pero ya da lo mismo. Hemos atravesado una barrera y ya no hay vuelta atrás.

–¡Ellos hablan de mi padre! –le grito–. Hablan de él todo el tiempo. No como aquí. Es como si te avergonzaras de él o algo así. ¿Por qué nunca hablas de él? ¿Por qué?

Se me queda mirando y me da la impresión de que va a decir algo pero, de repente, es como si unas persianas le cerraran los ojos y se pone a negar con la cabeza.

–Porque no hay nada que decir –dice.

Estamos sentados en el salón escuchando el partido. Yo no sé qué es peor: tener que llevar una falda de vuelo rosa, propia de un bebé, o tener que escuchar al señor Mulligan.

Durante todo el partido, el señor Mulligan ha estado tratando de darme conversación, preguntándome qué tal lo estoy pasando este verano. No hay nada peor que tener a alguien hablando al lado durante un partido de béisbol. He hecho todo lo que he podido para ignorarlo, pero ya vamos por el octavo tiempo y juro que, en total, sólo he podido oír dos minutos.

–Y aquí viene el lanzamiento –dice el locutor.

–Dime, Penny –me dice el señor Mulligan con una animada sonrisita en los labios–, ¿tienes ganas ya de empezar el séptimo curso?

–Shhh –le digo.

–¿Perdona? –me dice.

–¿Se puede callar? No oigo el partido –le digo.

–Penny –dice mi madre–. Pídele disculpas inmediatamente, señorita.

–¿Por qué? –le pregunto–. ¡Ha estado hablando todo el rato!

Mi madre me echa una mirada asesina.

–Ellie, no pasa nada. Estoy seguro de que todo esto la ha pillado por sorpresa –dice el señor Mulligan en tono conciliador, alargando la mano para coger suavemente la de mi madre.

–¿Ellie? –pregunto perpleja–. ¿Le dejas que te llame Ellie?

–Penny –dice mi madre–. No hay motivo para hacer un drama de esto.

Miro la fornida mano del señor Mulligan sobre la mano esbelta de mi madre y veo mi vida entera cambiar en un abrir y cerrar de ojos. Se acabaron los tíos, se acabaron Pop-pop y Me-me. De ahora en adelante, sólo el aburrido señor Mulligan hablando durante los partidos. No puedo creer que llegara a pensar que era gracioso.

La siguiente escena soy yo dando un brinco de la silla, corriendo hacia la puerta principal y Madre gritando mi nombre. Voy corriendo calle abajo, mis piernas a toda velocidad, la falda volándose por los aires. Lo único que soy capaz de pensar es que el señor Mulligan va a terminar siendo mi padre, y eso no lo puedo soportar. Todo va a cambiar; mi vida entera se va a ir al garete.

Corro y corro, como si acabara de golpear la bola mandándola fuera del campo y estuviera recorriendo las bases. La señora Farro es la primera base, la Dulce Tienda es la segunda y el Colmado Falucci, la tercera. Entonces, rodeo la tercera para cerrar la carrera y ya veo el coche de Tío Dominic: él está sentado en el asiento delantero, con la ventanilla abierta y la radio portátil. Ni siquiera le pregunto; abro la puerta del copiloto de golpe, me lanzo al interior y las lágrimas me empiezan a rodar por las mejillas, a rodar y rodar como si no fueran a parar nunca. Estoy llorando a mares, aullando tan fuerte que parece que quiero que me contraten los del cuerpo de bomberos.

–Princesa –me dice Tío Dominic alarmado–. ¿Qué te pasa?

Pero no logro hablar; estoy demasiado ocupada llorando y se ve que estoy asustando a Tío Dominic, porque me agarra por los hombros y me da una pequeña sacudida.

–¿Qué te ha pasado? ¿Es que te ha puesto la mano encima algún niño? –me pregunta con voz de emergencia.

Eso me hace volver a la realidad de golpe, como un jarro de agua fría.

–No –le digo–. No tiene nada que ver con eso.

–Ah –dice y se le relajan los hombros inmediatamente–. Bueno. Entonces, ¿a qué vienen esas cataratas?

–Es por Madre –le digo.

–¿Le ha pasado algo a tu madre?

–¡Está saliendo con el lechero!

Mi tío parpadea.

–Ha venido a casa y ha estado hablando durante todo el partido –le digo.

–El lechero –dice Tío Dominic.

–¡Sí, el lechero! –y ahí rompo a llorar otra vez.

Saca su pañuelo y me lo ofrece.

–Toma. Vamos, no será para tanto.

¿Eso me lo dice un hombre que vive en su coche y habla con perros?

–¿Es que no lo entiendes? ¿Y si se casan? ¿Y si se convierte en mi padre?

–Entonces tendrás padre nuevo –me dice–. ¿No?

–¡Pero él es un desastre! ¡No es el tipo de padre que yo quiero!

–¿Por qué? ¿Es que le da a la bebida?

–Creo que no –le digo–. A menos que la leche cuente.

–Eso está bien –me dice–. ¿Tiene trabajo?

–Es el lechero –le digo.

–Sobrio y con trabajo –dice Tío Dominic–. ¿Qué más se podría pedir?

–Es sólo que yo prefiero a alguien como, como... –y se me hace un nudo en la garganta.

–¿Como tu padre? –me acaba la frase.

–¿Tal vez tú podrías casarte con Madre? –le pregunto y ahí empiezo a soltarlo todo–. Tú lo sabes todo de mí. Y sabes cómo reparar un retrete. Incluso a Me-me le gustaría eso.

Tío Dominic niega tristemente con la cabeza.

–Princesa, entre tu madre y yo, eso no va a ocurrir nunca.

Me recuesto contra el respaldo del asiento.

–Pues no es justo.

–La vida no es justa –dice Tío Dominic y yo sé que tiene razón. Después de todo, él podría estar ahora mismo jugando con los Dodgers en lugar de escuchar cómo les va por la radio.

—¿Estás seguro de que no te lo quieres pensar?

Él niega con la cabeza.

—¿Por qué ha tenido que elegir al lechero? —murmuro.

—Míralo de este modo —me dice pasándome el brazo alrededor del hombro—. Por lo menos, ahora vas a tener un montón de leche gratis.

Tío Dominic me lleva a casa en coche. Cuando llegamos mi madre está sentada en la hamaca del porche delantero, y ya no está el coche del señor Mulligan.

—¿Tú crees que está loca? —le pregunto.

—Conociendo a tu madre, yo diría que sí —me dice.

—¡Pero es que me ha lanzado una bola con efecto, Tío Dominic! De verdad, no la había visto venir.

Él se encoge de hombros.

—Así son las reglas del juego, princesa.

—Pues a mí esa bola se me ha escapado —protesto. Abro la puerta del coche y salgo. Vuelvo a asomar la cabeza por la ventanilla—. ¿Qué debo hacer ahora?

—Pedir disculpas y luego no meterte en sus cosas. Verás cómo se le pasa.

—Gracias —le digo.

—Ya sabes dónde estamos, princesa —me dice.

Espero a que se haya ido para subir los escalones.

—Lo siento —le digo a ella.

Mi madre no necesita decir ni una palabra. El portazo que da tras de sí al entrar en casa lo dice todo.

Capítulo diez
El tesoro del Chico del Agua

F rankie lo encuentra muy gracioso.

–¿Así que tu madre está saliendo con Lactomulligan? –se pitorrea.

Estamos barriendo la tienda. Frankie y yo estamos encargados de echar serrín nuevo en el suelo; si no, la sangre de la trastienda se esparce por todas partes.

–¿Huele a queso curado? –me pregunta Frankie–. Ya sabes, como las botellas de leche, que a veces empiezan a oler a queso curado cuando se las deja al sol.

–Frankie –le digo.

–Chaval, si se llegan a casar, tú pasarás a ser Penny Lactomulligan.

–Anda, cállate.

Empieza a reírse a carcajadas.

–¡Podéis servir leche en vez de champán en la boda! No, espera, ¡ya lo tengo! ¡Batidos de leche!

–¡Basta! ¡Basta ya! –le digo blandiendo la escoba, amenazante.

–¡Oye! –protesta–. Que era sólo un broma.

–Pues no tiene gracia.

Se ríe por lo bajini.

–¿Crees que me podrás conseguir requesón a buen precio?

Suena la campanilla de la entrada y entra Tío Sally, lo cual está muy bien porque estoy a punto de darle a Frankie un golpe en plena boca. Y eso no le iba a beneficiar a nadie.

–Epa, niños –dice Tío Sally y le revuelve el pelo a Frankie, a pesar de que no es más que un par de centímetros más alto que él.

–¿Qué se cuenta tu madre, Penny? –me pregunta Tío Sally.

Me gustaría decir: «Me está destrozando la vida», pero en lugar de eso le digo:

–Está bien, gracias.

–Qué gran mujer, tu madre –dice melancólico.

Tío Sally siempre ha estado loco por mi madre y cada vez que me ve me pregunta por ella. No tengo la sangre fría de decirle que él no es su tipo. Tampoco es que la vea saliendo con el señor Mulligan pero él, por lo menos, le llega a la altura de la barbilla.

–¿Te queda algo de esa lengua que tanto me gusta? –le pregunta Tío Sally a Tío Ralphie.

–En la cámara. Dominic te ha reservado un trozo –dice Tío Ralphie llevándolo a la trastienda.

Me vuelvo hacia Frankie y le hago un gesto fingiendo una arcada. No sé cómo alguien puede comerse una lengua, aunque sea de vaca.

–¿Cómo le ha podido dar por la lengua? –le pregunto.

Frankie se encoge de hombros y dice:

–A lo mejor es porque habla mucho.

Tío Sally siempre sabe todo lo que pasa en el pueblo. Si alguien estornuda, él está al corriente.

Fuera, una hermana de la caridad, una de las profesoras del colegio de Frankie, pasa por delante de la ventana. La hermana mira hacia dentro, ve a Frankie y frunce el ceño.

Frankie menea la cabeza y dice:

–Estas hermanas de la caridad no tienen caridad.

Cargamos el serrín viejo en cubos y los sacamos a la parte de atrás, donde están los contenedores de basura. Las voces de Tío Sally y Tío Ralphie se oyen a través de la puerta de atrás del despacho, que ha quedado abierta.

–Estaba hablando con el viejo Garboella –está diciendo Tío Sally–, y, chaval, no te vas a creer lo que me ha contado.

Me pongo con Frankie más cerca de la puerta.

–Escucha esto –dice Tío Sally–. Me ha dicho que el Chico del Agua una vez le contó que tenía un montón de dinero escondido en algún lugar de la casa.

«El Chico del Agua» era mi difunto abuelo Falucci. Le pusieron ese apodo por el primer trabajo que tuvo en una empresa constructora cuando llegó a América, y como que se le quedó para siempre.

–Me ha dicho que lo enterró en el suelo –dice Tío Sally.

A Frankie se le ponen los ojos como platos.

Dentro, Tío Ralphie suelta una risita entre dientes.

–¿Ah, sí? ¿Y te ha dicho dónde?

–Si yo lo supiera, ahora mismo estaría allí con una pala –dice Tío Sally y los dos se echan a reír.

A mí este asunto no me pilla tan por sorpresa. Nonny hace algo parecido. Pone billetes de un dólar con alfileres en el dobladillo de las cortinas, o los esconde debajo de los cojines de las sillas. Una vez me encontré cinco dólares debajo de la cama de una de las Reinitas, bien acolchaditos con pelo de perro. No sé por qué no guardan el dinero en el banco como todo el mundo, pero el caso es que no lo hacen.

Frankie me agarra la mano y me la aprieta. Yo ya sé lo que está pensando. Ya tiene las palas preparadas y está pensando por dónde empezar a cavar.

–¿Tú crees que es cierto? –me susurra con la cara roja de emoción.

–No lo sé. A lo mejor.

–¡Piensa en toda esa pasta! Nunca más tendríamos que preocuparnos.

Con lo cual quiere decir que nunca más tendría que preocuparse de si su padre vuelve a quedarse sin trabajo.

Arrugo la nariz.

–Pero, aunque fuese cierto, ¿cómo la vamos a encontrar? No podemos excavar todo el jardín.

A Frankie se le pone cara de malicia.

–¿Eso quién lo dice?

–¿Qué, necesitas que te haga algún trabajito en el jardín, Tío Paulie? –le está preguntando Frankie.

Estamos en casa de Nonny, sentados en la cocina de arriba. Frankie piensa que la forma más sencilla de encontrar el tesoro es, precisamente, ponerse a trabajar en el jardín. Deduciremos dónde puede estar enterrado el tesoro, y luego volveremos por la noche a sacarlo con las palas.

A Tío Paulie se le suben las cejas.

–¿Te estás ofreciendo voluntario?

–Claro que sí –dice Frankie.

Tío Paulie se recuesta en su asiento y le da un sorbo al café.

–Supongo que a los arbustos no les vendría mal una poda.

–Perfecto –dice Frankie, ansioso.

–Y hay unos cuantos palitos que habría que recoger del suelo.

–Palitos. Eso está hecho –dice Frankie.

–Y, ya que estás, podrías cortar el césped.

La sonrisa de Frankie decae un poco, pero dice:

–Será un placer.

–Gracias, chaval –dice Tío Paulie y sigue con su periódico.

Dos horas más tarde todavía estamos recogiendo palitos del suelo en el jardín de delante. Los hay por doquier. Hay un árbol grande que se está secando y los está dejando caer por todas partes. Ni siquiera hemos empezado con el jardín de atrás todavía.

–Estoy molida –le digo a Frankie.

–Deja ya de quejarte –me dice.

–Pero es que a este paso nunca vamos a encontrar nada.

–Abuelo tiene que haber dejado algún tipo de señal o algo así –dice Frankie.

–¿Y eso?

–Porque si no, ¿cómo iba *él* a encontrarlo?

Supongo que en eso tiene razón. Sigo pensando que es como buscar una aguja en un pajar, pero no digo nada.

–Voy a buscar algo de beber –le digo.

Mientras me alejo, oigo a Frankie refunfuñando para sus adentros.

–Unos cuantos palitos. Claro. Y si quieres, ya puestos, te barro el suelo con la lengua.

Entro en la casa. Está en silencio salvo el sonido de música que viene flotando del piso de arriba. Tío Paulie se ha ido a trabajar y Nonny se ha ido a visitar a sus viejas amigas. Me pongo un refresco de jengibre y salgo dando una vuelta por el pasillo.

–Hola –digo en voz alta.

–¿Quién anda ahí? –contesta Tía Gina.

–Soy yo, Penny –le digo.

–Ven para acá, muñeca –dice ella.

Me gusta Tía Gina. Es la tía más interesante, según mi opinión. No tiene miedo de decir lo que piensa. Además, es la única de las tías que no tiene ningún hijo, aunque eso nunca nadie lo menciona.

Tía Gina está en su dormitorio. Es un dormitorio muy extravagante, todo decorado de color rosa. Hay colchas de chenilla rosa en su cama y en la cama gemela de Tío Paulie, y el tocador tiene un faldón de volantes a juego. Su cómoda está cubierta de frascos de perfumes lujosos y todo tipo de botes de maquillaje y pintalabios, y toda la habitación huele a *Atardecer en París*. Tiene un tocadiscos en un rincón y está sonando un disco de Nat King Cole. Me encanta esta habitación. Es como me imagino que debe de ser la habitación de una estrella de cine.

Tía Gina está en combinación, examinando dos vestidos que hay estirados encima de una de las camas.

–¿Cuál te parece? –me pregunta a mí.

–¿Para qué? –digo yo.

Ella tuerce la mirada y le da una calada al pitillo.

–Para Atlantic City. Vamos a ir allí el viernes por la noche a celebrar nuestro aniversario. Cena y baile. El lote completo.

Examino los vestidos. Uno es de seda verde esmeralda con falda de tubo y el otro es de satén rojo con falda larga.

–El rojo –le digo–. Ese vestido es más para bailar.

Ella asiente con aprobación.

–Tienes buen ojo, muñeca.

–Pruébatelo –le digo.

Me siento en la cama que tengo detrás y contemplo cómo Tía Gina se contonea para meterse en el vestido. La tela se adapta a sus curvas y está guapísima. Se pone unos tacones y ensaya unos cuantos giros de los buenos. La falda se le levanta, luciendo unas piernas fuertes y esbeltas. Antes de casarse con Tío Paulie, Tía Gina era bailarina en el grupo de las Rockettes. Bailó en el Salón de Música Radio City y conoció a muchos famosos del mundo del espectáculo.

–Ven aquí –me dice colocándome ante su tocador–. Al taburete.

Me siento en el taburete rosa de volantes, sintiéndome como Cenicienta cuando se le aparece su hada madrina.

Tía Gina sacude la cabeza ante el estado de mi pelo.

–Ya sé, ya sé –le digo.

Agarra un cepillo grueso y se pone con él dale que te pego. Coge unas cuantas horquillas, me recoge el pelo detrás de las orejas y le da la vuelta de forma que cae suave y bonito alrededor de mi cara.

–Así está mejor –dice–. Dile a esa abuela tuya que deje de hacerte esas permanentes caseras.

–Mejor intenta decírselo tú –le digo.

Ella se ríe y me acaricia los rizos.

–Tú eres muy guapa, ¿lo sabías? Me sorprende que aún no anden los chicos detrás de ti.

No creo que vayan a andar nunca detrás de mí si Poppop los sigue espantando, pienso yo.

–Pasas demasiado tiempo con ese demonio de primo que tienes –me dice.

–¿Frankie? Es bueno –le digo.

–Tú míralo –dice ella–. Ya he visto chicos como él. Va de cabeza al peligro con pe mayúscula.

La miro a través del espejo y me la imagino meneando el esqueleto en el Salón de Música Radio City.

–¿Alguna vez echas de menos cuando bailabas? –le pregunto.

–Todos los días –dice–. Pero así es la vida, ¿verdad, muñeca?

–¿Por qué lo dejaste?

Suelta una pequeña carcajada.

–A tu tío Paulie le gustaba salir con una bailarina, pero

no le gustaba la idea de que su mujer fuera una de ellas. Tu abuela tampoco fue de gran ayuda.

–¿Nonny quiso que dejaras de bailar?

–Eso es –dice frunciendo los labios para ponerse pintalabios de un carmín brillante–. Y déjame que te diga que lo que tu abuela Falucci quiere, lo consigue –hace una pausa. Su imagen me mira desde el espejo–. Sabes, tu padre era el único que no me daba la tabarra con lo del baile.

–¿De verdad?

–Sí –me dice–. Freddy era un buen tipo.

–Ojalá yo hubiera podido verte bailar –le digo.

Ella sonríe y gira a mi alrededor.

–Todavía puedes, muñeca; súbele el volumen a ese tocadiscos.

Mientras Frankie recoge palitos en el jardín, yo me siento en la cama a ver a Tía Gina dar el mejor espectáculo que haya dado nunca una de las Rockettes.

Lo hace tan bien que juro que hasta oigo los aplausos.

Frankie se queda muy ilusionado cuando le cuento que Tía Gina y Tío Paulie van a ir a Atlantic City.

–Ahí lo tenemos –dice Frankie–. Nos colamos aquí después de que se hayan ido y empezamos a cavar. Creo que sé dónde puede estar. Hay un lugar que tiene una piedra lisa, por entre los arbustos, como una señal, ¿sabes? ¡Tiene que estar ahí!

–No sé, Frankie –le digo.

–Venga –me dice–. Piensa en toda esa pasta.

Al final, cedo. Se trata de Frankie, después de todo.

La noche de la excavación, trato de comportarme con normalidad. Me doy un baño, me pongo el pijama y le doy la tabarra a Madre diciéndole que me deje acostarme tarde hasta que, por fin, me manda a la cama. Espero a que la casa se quede en silencio y a oscuras, y entonces me vuelvo a poner la ropa y me escabullo por la puerta trasera. Resulta muy útil que mi dormitorio esté en el primer piso.

Frankie me está esperando detrás de un árbol montado en su bicicleta.

–¿Estás lista, Doña Tranquilidad? –me pregunta.

Me agarro con fuerza a su cintura y salimos pedaleando calle abajo.

La casa de Nonny está oscura y silenciosa cuando llegamos. Los viernes por la noche, Tío Dominic se va a jugar al póquer, así que no nos tenemos que preocupar por él.

–¿Crees que ya estará dormida? –me pregunta Frankie.

–Parece que están todas las luces apagadas –le digo.

Me conduce hacia una hilera de arbustos y señala una piedrecilla alisada que hay en el suelo.

–Dime, ¿no te parece eso una señal?

–Podría ser.

–Toma –me dice pasándome una de las palas que había dejado preparadas antes. Él coge la otra y empezamos a cavar.

–Si Madre se entera de que no estoy en casa, me la voy a cargar –murmuro.

–Deja de preocuparte –me dice–. Nos vamos a hacer famosos. ¡Ya estoy viendo los titulares: «Chico detective encuentra tesoro escondido»!

–¿Y yo qué? –le pregunto.

Se lo piensa un momento.

–Tal vez podría decir: «Chico detective y fiel ayudante encuentran tesoro escondido».

–Vaya, gracias.

–Dime, ¿qué vas a hacer con tu parte del botín? –me pregunta.

–Comprar entradas para un partido de los Dodgers.

Nunca he estado en uno. Madre dice que los partidos de béisbol no son apropiados para una jovencita. Me dan ganas de decirle que mucho menos apropiado es salir con lecheros que no paran de hablar en todo el partido.

De repente mi pala choca contra algo duro.

–¡Creo que lo he encontrado! –le susurro.

–Quítate, quítate –me ordena Frankie. Usando solamente las manos, se pone a cavar como loco y logra sacar del suelo una vieja caja de metal.

Nos miramos entusiasmados. Él abre la tapa pero, en lugar de fajos de billetes, lo que hay es un montón de tierra y lo que vendrían a ser unos huesos y una calavera pequeña.

–¿Eso es un hueso? –pregunto.

–¿Cómo? –dice Frankie–. ¿Dónde está el dinero?

Hay una chapita de metal con algo escrito encima.

–Es Reinita I –le digo–. O tal vez es Reinita II. No sé decirte. Está demasiado oscuro.

Frankie resopla decepcionado.

–¿Te estás quedando conmigo?

De repente empiezo a oír ladridos. Las Reinitas se están volviendo locas, montando una zapatiesta de aullidos.

117

–Esas estúpidas perras –susurra Frankie.

–A lo mejor no son tan estúpidas –le devuelvo el susurro–. A lo mejor es que saben que estamos profanando las tumbas de sus amigas.

Entonces oigo un grito que viene de la puerta de atrás.

–¡Que llamo a la *polizia*! –grita Nonny.

–¡Es Nonny! –susurro.

Nonny está ahí de pie con su albornoz negro, blandiendo algo en la mano. Está oscuro, así que ella no ve quiénes somos.

–Ay, Dios –dice Frankie–. ¿De dónde habrá sacado una pistola?

–¿Pistola? ¿Qué pistola?

Antes de que él pueda decir nada, se oye un potente disparo, Frankie me empuja con fuerza y me dice:

–¡Corre!

Nos tiramos de cabeza a los arbustos y salimos corriendo por el jardín de Tío Nunzio y por el siguiente jardín, con el corazón latiéndonos a todo latir. Corremos y corremos y no paramos hasta que estamos bien lejos.

–¡La bici! –jadea Frankie.

–Yo ahí no vuelvo –le digo tratando de recuperar el aliento.

–Pues qué simpática –se queja y empieza a andar de vuelta hacia casa de Nonny.

–¿Sabes cuál será el titular de mañana como Nonny te pille por banda? –le advierto.

–¿Cuál?

–«A chico idiota le pega un tiro su propia abuela».

Capítulo once
Más guisantes, por favor

A la mañana siguiente es sábado y, cuando entro en la cocina, mi madre está ahí.

Lleva puesto un delantal y gimotea mientras corta una cebolla en la tabla grande de cortar. Hay un pollo crudo encima de la mesa y una olla puesta al fuego con algo hirviendo dentro. Madre sólo cocina cuando tenemos visita. Le da miedo que lo que cocina Me-me llegue a envenenar a los invitados.

—¿A qué viene todo esto? —le pregunto.

Su mano hace una pausa en el aire, por encima de la tabla.

—Tenemos un invitado a cenar esta noche.

—¿Quién? —le pregunto.

—El señor Mulligan —me dice.

—¿Cómo?

—Penny —me dice con un tono de advertencia.

En ese momento entra Pop-pop y se sienta a la mesa con un ruido sordo. Mira con grata sorpresa lo que va a haber para cenar.

—¿Va a venir el Papa a cenar? —pregunta.

—No exactamente —refunfuño.

—Tengo uno nuevo para ti. ¿Cómo llamarías tú a cien mil hombres franceses con las manos en alto? —me pregunta Pop-pop.

Yo me limito a mirarlo.

—¡El Ejército Francés! —dice y se parte de risa.

—No tiene mucha gracia —le digo.

—¿Que no tiene gracia? —dice con el ceño fruncido—. ¿Es que no tienes sentido del humor?

Mi madre golpea el cuchillo contra la tabla y, visiblemente, trata de recomponerse.

—Papi —dice bien alto—, te vas a comportar como es debido esta noche, ¿verdad que sí?

—¿De qué estás hablando? —dice él—. ¿Qué pasa esta noche?

—Viene Pat a cenar, ¿te acuerdas? Te lo dije ayer.

—¿Pat? ¿Qué Pat?

—¡Pat Mulligan! —dice ella exasperada.

Él se la queda mirando un instante y se rasca la barbilla pensativo.

—No hace falta que me grites. Te oigo muy bien. No estoy sordo.

Suena el timbre de la puerta. Yo me levanto de un salto. Mi madre me mira.

—¿Adónde vas?

—A jugar al béisbol con Frankie —le digo—. Es él.

–No vuelvas tarde. El señor Mulligan va a venir a las cinco y media, y para cuando llegue quiero que estés limpia y bien vestida –me dice, como si yo tuviera seis años–. Te dejaré un vestido fuera para que te lo pongas.

–¿También vas a querer lavarme los dientes?

–Basta de comentarios audaces, jovencita –me dice–. O no te vas a ninguna parte.

–Espera un momento –dice Pop-pop–. ¿Voy a tener que ponerme corbata?

Frankie me está esperando en el porche con el guante de béisbol, con una sonrisa de oreja a oreja.

–¡Tenías razón! –me dice–. ¡Hemos salido en los periódicos!

–¿Cómo?

–¡Mira! ¡En la sección de sucesos! –dice y se saca un recorte de periódico del bolsillo trasero.

«Se ha dado parte de un presunto intruso»

Echo un rápido vistazo alrededor.

–¡Shhh! ¡Que no lo vea nadie!

–Pero, ¿qué es lo que te pasa? –me dice–. ¡Somos famosos! ¡Un par de delincuentes en toda regla!

–Estoy segura de que los matones de J. Edgar Hoover ya nos están buscando –le digo con sarcasmo.

–¿Tú crees? –dice Frankie.

–No, Frankie –le digo–. Mira, limítate a no hablarle a nadie de esto, ¿de acuerdo?

–Seré una tumba –me dice.

Al llegar al parque, todos los chicos están amontonados alrededor del campo de béisbol. El equipo de Frankie anda corto de jugadores, así que Frankie me pone a interceptar por mi potencia de brazo. Dice que soy capaz de hacer lanzamientos más rápidos que cualquiera de los chicos del campo.

Llegamos al segundo tiempo perdiendo por un punto y con dos jugadores expulsados. Frankie está en la primera base y otro chico, Eugene Bird, va a batear. Eugene parece nervioso; no es muy bueno con el bate y casi siempre se le escapa la bola. Sin mencionar que intentó besarme una vez cuando estábamos en primer curso.

Eugene batea y desperdicia el lanzamiento.

–¡*Strike* uno! –grita el chico que hace de árbitro.

Yo estoy sentada en el banquillo esperando a que me llegue el turno de batear. La mayor parte de las niñas ya no juegan; se sientan a un lado a mirar. Me pongo a pensar en Jack Teitelzweig y a preguntarme si, tal vez, yo debería estar mirando los partidos en lugar de estar jugando, cuando una chica con pelo rubio recogido para atrás, con una cinta de pelo azul celeste y una falda azul a juego, llega hasta donde yo estoy sentada, acompañada por otras dos chicas. Ésa es mi suerte.

–¿Disfrutando del verano, Penny? –me pregunta Verónica Goodman con una sonrisa falsa.

Yo no le digo nada. Madre dice que la única forma de lidiar con chicas como Verónica Goodman es ignorarlas, aunque a Verónica es bastante difícil ignorarla.

–He oído que estás trabajando en la carnicería –me dice–. ¡Suena muy divertido!

Las chicas se ríen disimuladamente. Yo hago lo que puedo por ignorarla, viendo cómo Eugene le da al bate demasiado tarde y vuelve a dejar escapar la bola.

–¡*Strike* dos!

El pobre Eugene parece que se va a desmayar con tanta presión. Sabe que Frankie lo va matar como deje pasar otra bola. Frankie odia perder.

Verónica se echa hacia delante y me dice:

–Cuéntame. ¿Te pasas todo el día cortando cerdos? ¡Qué emocionante! ¿Has llegado a cortar pollos también?

Verónica sigue y sigue y sigue. No sé por qué pero, de repente, algo salta dentro de mí. Es como si me transformara en otra persona, en una persona sin sentido común, porque me oigo a mí misma diciendo:

–Ay, cállate ya.

–¿Qué has dicho? –gruñe Verónica.

–Nada –farfullo.

En la primera base, Frankie aguza el oído a ver si pesca algo de lo que estamos diciendo.

–Mi padre dice que tendríamos que haber lanzado la bomba en Italia. Dice que así nos habríamos librado de todos vosotros, que sois unos traidores –se le pone la voz un tono más alta–. ¿Quién os habéis creído que sois? ¿Tú y el imbécil de tu primo os creéis mejores que los demás?

–Por lo menos yo no soy tan desagradable –le digo antes de poder callarme la boca. Tal vez sí que estoy pasando demasiado tiempo con Frankie.

Las mejillas se le encienden de rabia.

–Bueno. Pues por lo menos *yo* no tengo un tío majara que vive en un coche y va en zapatillas de andar por casa por todo el pueblo.

Me entra una especie de frío por dentro.

–Tu tío está mal de la azotea –dice haciendo girar un dedo contra la sien–. Loco como una cabra.

Ahí está. Una cosa es meterse conmigo, o con Frankie incluso; pero con Tío Dominic, no.

–No hables de mi tío –le digo poniéndome de pie.

–¿Por qué, qué me vas a hacer, eh? –me pregunta con una risita burlona.

–Esto –le digo. Tenso el brazo hacia atrás y le cruzo la cara de un puñetazo, tal y como Frankie me enseñó a hacer.

Verónica chilla de dolor.

–¡Ay, mi nariz! ¡Mi nariz!

–¡Penny! –grita Frankie y se echa a correr a través del campo de béisbol.

Antes de que él llegue hasta donde estamos, Verónica me da un buen bofetón, en todo el ojo, yo me tambaleo hacia atrás, y ahí Frankie se le echa encima, empiezan los alaridos, empiezan a sumarse los demás chicos y vuelan puñetazos por todas partes. Después de todo, Eugene Bird ya no tiene que preocuparse de si le da a la pelota o no, porque ahí se acaba el partido.

–Te juro que esto me lo haces aposta –dice mi madre furiosa mientras me frota la mejilla con yodo.

–¡Ay! –le digo–. Eso escuece.

Pues vaya enfermera que está hecha.

–Más te va a doler si se te infecta –me dice–. Esto es lo que te pasa por andar con ese primo tuyo.

–¡Pero si fue Verónica! ¡Me ha dado un bofetón!

–¡Mira cómo tienes el ojo! ¡Mañana por la mañana se te habrá puesto negro!

Suena el timbre de la puerta.

–Ése es el señor Mulligan –dice, dando un paso atrás para comprobar el estado de mi cara–. Me temo que no hay nada que hacer. Ve a abrirle la puerta. Tengo que ir a ver cómo va el pollo y asegurarme de que tu abuela no le ha puesto la mano encima. Ha insistido en hacer sus guisantes con cebolla.

El señor Mulligan está de pie en el porche de delante cargado hasta arriba de flores recién cortadas. Parece que hubiese muerto alguien. Estoy tan acostumbrada a verlo llevando botellas de leche que no puedo evitar quedármelo mirando.

Se le levantan las cejas al verme el ojo. Lo tengo todo rojo e hinchado.

–Buenas tardes, Penny –dice nervioso.

Da la impresión de que está tan cómodo con ese traje como yo con el modelito que Madre me ha obligado a ponerme. Llevo una blusa blanca sin mangas y una falda de cuadros blancos y negros con un ahuecador debajo que pica muchísimo.

–Éstas flores son para ti –dice dándome uno de los ramos.

Oigo la voz de mi madre trinar a mis espaldas.

–¡Qué encanto! –dice–. ¿No te parece un detalle precioso por parte del señor Mulligan, Penny?

–Claro –digo yo–. Realmente estupendo.

Pero no me prestan la menor atención. Mi madre está demasiado ocupada cogiéndole la chaqueta y el sombrero como si fuera el presidente. El señor Mulligan les da los otros dos ramos a mi madre y a Me-me, que no logra reponerse del hecho de que alguien le haya traído flores.

–No tendría que haberse molestado –continúa diciendo Me-me complacida–. A mí nunca me trae nadie flores.

–¿Pero qué dices? –le digo–. ¡Si la semana pasada te traje unas flores que habíamos estado recogiendo Frankie y yo!

Me-me me lanza una mirada de desaprobación y le dice:

–¿Puedo ofrecerle algo de beber, señor Mulligan? ¿Le apetece un whisky? ¿Tal vez una cerveza?

–¿Qué tal un vaso de leche? –sugiero yo.

–Tomaría un té helado, si tiene –dice el señor Mulligan–. Y, por favor, llámeme Pat.

Me-me nos hostiga para que vayamos al comedor, donde mi madre ha puesto la mesa con nuestro mejor mantel, la cubertería de plata y la vajilla de porcelana que sólo usamos en las fiestas. Y en mi agenda no pone que hoy sea Navidad, de verdad que no.

De repente algo me llama la atención. El aparador. ¡La fotografía de la boda de mis padres ha desaparecido!

–¿Por qué no se sienta usted aquí? –dice Me-me llevando al señor Mulligan al asiento que preside la mesa.

Mi madre entra trayendo un pollo perfecto, todo doradito. Está nerviosa y no para de volver a la cocina, diciendo que se ha olvidado de sacar la mantequilla, los panecillos, la sal.

–¡Qué buena pinta tiene! –dice el señor Mulligan.

–Te has olvidado de los guisantes con cebolla –señala Me-me.

–Por supuesto –dice mi madre con una sonrisa forzada. Al momento vuelve con un plato tapado.

–¿Quiere trinchar usted el pollo, Pat? –le pregunta Me-me al señor Mulligan.

–Con mucho gusto –dice Pop-pop cogiendo cuchillo y tenedor.

El señor Mulligan mira a su alrededor un poco extrañado, pero nadie dice nada.

–¿Quiere usted pata o pechuga? –le pregunta Pop-pop al señor Mulligan.

–Pechuga, por favor –contesta.

Pop-pop corta una buena pata y se la coloca al señor Mulligan en el plato.

–Aquí tiene su pata, patita, pata –le dice.

Mi madre se lleva las manos a la cabeza.

–Bueno, Penny –me pregunta el señor Mulligan–, ¿qué va a pasar con los Dodgers? ¿Crees que tienen alguna posibilidad?

–Mi tío Dominic dice que tienen una oportunidad en el Mundial –le digo–. Mi tío Dominic, que es el hermano de mi padre, antes jugaba al béisbol en segunda división. Llegaron a invitarlo al entrenamiento de primavera de los Dodgers.

–Parece que tu tío es un tipo interesante –dice el señor Mulligan.

–Sí que lo es –le cuento–. Y mi padre escribía para varios periódicos.

–Eso es muy admirable.

–Hay que ser muy inteligente para ser escritor. ¿Usted ha ido a la universidad?

El señor Mulligan niega con la cabeza, incómodo.

–Eh...

–Pat –dice mi madre con voz aguda–, ¿te pongo un poco de puré de patatas?

–Por favor –dice el señor Mulligan–. Eres una cocinera estupenda.

–Gracias –dice mi madre ruborizándose.

–Pensé que habías dicho que íbamos a comer filetes –dice Pop-pop, mirando a su plato con suspicacia–. Esto parece pollo.

–Es que es pollo, Papi –dice mi madre exasperada.

–No me habría puesto corbata de haber sabido que no iba a comer filete –protesta entre dientes.

–Señor Mulligan, ¿le apetece probar los guisantes con cebolla? –le pregunto con voz aduladora–. Me-me es famosa por sus guisantes con cebolla.

El señor Mulligan me alarga su plato con una amplia sonrisa.

–Claro, Penny, gracias. Me encantaría probarlos.

Desde el otro lado de la mesa, mi madre me lanza una mirada de advertencia y yo, inocentemente, me encojo de hombros.

Le pongo al señor Mulligan una generosa ración y contemplo cómo les pega el primer bocado. Primero parpadea rápido cuando los guisantes le tocan la lengua, luego los mastica durante un rato y, al final, se los traga con esfuerzo.

–Están deliciosos –le dice a Me-me.

Me-me sonríe contenta.

–Me-me cocina gran parte de lo que comemos aquí –le notifico al señor Mulligan.

–¿De verdad? –dice él con un aire un poco preocupado.

Espero hasta que se ha terminado el plato.

–¿Más guisantes?

–Uy –dice inseguro, con los ojos bailando entre mi madre y Me-me–. No me gustaría dejarles a ustedes sin guisantes.

–Por favor, no sea tímido, hay más en la cazuela –le dice Me-me.

Él, reacio, alarga su plato.

–En ese caso sí, por favor.

Me cuesta toda mi fuerza de voluntad no echarme a reír al verle la expresión de la cara. Parece que lo estuvieran llevando al matadero.

–Penny –me dice mi madre–, ¿puedes venir a la cocina un momentito, por favor?

Antes de que yo pueda contestar, Escarlata O'Hara llega trotando hasta el señor Mulligan, se le trepa a un pie y le hace pipí en el zapato.

–¡Escarlata O'Hara! –dice mi madre horrorizada.

–Ya le falla la vejiga –dice Pop-pop.

–¡Papi! –le regaña mi madre.

–¿Qué? No es que sea ningún secreto de estado –dice Pop-pop.

–Ay, Pat, lo siento mucho –dice mi madre–. A ver, déjame el zapato para que te lo limpie.

El señor Mulligan le da el zapato a mi madre, que se va corriendo a la cocina. Me-me se levanta.

–Tengo más trapos en el sótano.

Nos hemos quedado solos el señor Mulligan, Pop-pop y yo.

El señor Mulligan sonríe incómodo. Ha estado tratando de no mirarme el ojo durante toda la cena, pero yo sé que siente curiosidad.

–Eso se te va a poner como una berenjena –me dice.

–¿El qué, esto? No es nada –le digo, y pongo un tono de voz más confidencial–. Madre me ha pegado por no hacer la cama. Le gusta tener las cosas ordenadas.

Mira a Pop-pop como para que le diga que eso no es cierto. Pero Pop-pop lo que hace es eructar bien fuerte.

–Entonces, ¿te vas a casar con mi hija o qué?

El señor Mulligan no se queda mucho rato. Se come el pastel de lima que ha hecho Me-me en dos bocados. Al preguntarle mi madre si quiere una segunda taza de café, él dice que, de verdad, se tiene que ir a casa.

Yo le saludo con la mano mientras él se va en su coche. Después de todo, supongo que no hay por qué preocuparse.

No creo que vuelva en mucho tiempo.

Capítulo doce
Prohibido dar tironcitos

Es tarde, casi medianoche, pero aún se oye el lejano sonido de las interferencias de la radio.

Me pongo las zapatillas de andar por casa y recorro el pasillo hasta el salón.

Pop-pop está sentado en su silla al lado de la radio, con el oído todo lo cerca que lo puede poner del aparato, escuchando atentamente. Nuestra radio es grande, una Philco. Pop-pop asiente como si alguien le estuviera hablando, sólo que ahí no hay nadie. Me quedo de pie en la puerta durante un instante, observándolo. Él no se da cuenta.

–¿Hablando con Mickey, Pop-pop? –le pregunto.

Levanta la mirada sorprendido.

–¿Estás hablando con Mickey, Pop-pop? –le vuelvo a preguntar más alto.

–¿Qué iba a estar haciendo si no? –me ladra a modo de respuesta, y se frota la calva cansado.

Mi abuelo se piensa que su sobrino, Mickey, que fue asesinado en Alemania durante la Segunda Guerra Mundial, de vez en cuando le habla a través de las interferencias de la radio. A Pop-pop se le partió el corazón cuando Mickey murió; siempre dice que Mickey era como el hijo que nunca tuvo. Hay un retrato de Mickey en el pasillo del piso de arriba con su uniforme de piloto puesto, todo elegante.

Pop-pop empezó a oír la voz de Mickey hace unos cuantos años y al principio estaba muy emocionado al respecto, hasta que se lo contó a Me-me.

–Tú sigue hablando así que van a venir a llevarte los del psiquiátrico –le dijo ella.

Pero a veces se escapa al piso de abajo tarde, por la noche, cuando ya está todo el mundo durmiendo. Gira el dial de un lado a otro recorriendo interferencias, música, anunciantes y predicadores. Las voces sí que resultan bastante fantasmagóricas, por la forma en la que surgen de la nada.

Se oye un silbido y a Pop-pop se le iluminan los ojos.

–¿Ves? –dice emocionado–. ¡Ahí está!

Lo único que yo oigo son interferencias.

–¿De qué habláis Mickey y tú? –le pregunto.

–De la guerra, por supuesto –dice, y me mira con el ceño fruncido–. De no haber sido por esa panda de zánganos, él ahora mismo estaría vivo. Estaría sentado aquí mismo comiendo un trozo de tarta de manzana de la que hace tu abuela.

No, con un poco de suerte, no. La tarta que hace Me-me es pringosa y con el bizcocho más duro que una piedra.

Un gorjeo sale del aparato de radio.

—¿Qué has dicho, Mickey? —le pregunta Pop-pop bien alto.

Le doy un beso en la cabeza y le digo:

—Yo me vuelvo a la cama.

Me-me está de pie en lo alto de la escalera con su albornoz puesto.

—¿Está escuchando esa caja otra vez?

Asiento con la cabeza.

Ella menea la cabeza.

—No entiendo por qué no puede superar lo de ese chico.

A la mañana siguiente, cuando llego al colmado, hay un gran alboroto formado.

—¿Qué está pasando? —pregunto.

—Tía Concetta ha muerto —me dice Frankie con una sonrisilla burlona.

Yo suelto un quejido. No me quejo porque haya muerto Tía Concetta. La verdad es que nunca llegué a conocerla muy bien. Es parte del círculo de amigas de Nonny, estas viejecitas italianas que van todas vestidas de negro y se reúnen a jugar a los naipes. No es mi tía de verdad y creo que, de todos modos, ya tenía más de noventa años. Me quejo porque eso significa que va a haber un funeral. Y un velatorio. Y una misa.

Los italianos hacen de la muerte algo grande. Grandes velatorios. Grandes funerales. Grandes fiestas después, con mucha comida. Yo, personalmente, preferiría la fiesta mientras aún estoy viva. ¿De qué sirve que le hagan a alguien una comida deliciosa una vez que ha muerto? No es lo mismo que si la pudiera uno probar.

Pero Frankie está ilusionado.

–¡Con esto, ya tendré catorce cromos! –dice.

De lo que está hablando es de los recordatorios que llevan una oración impresa que reparten en la casa del funeral cuando alguien muere. Frankie los colecciona como si fueran cromos de béisbol. Él los llama Cromos de Muertos. Es como si fueran cromos de verdad. Bueno, por un lado tienen un dibujo, normalmente de la Virgen María o de Jesús o de alguno de los santos y por el otro lado tienen los datos: el nombre de la persona que ha muerto, sus fechas de nacimiento y defunción y una pequeña oración. Las ha estado coleccionando desde siempre, y a veces hasta las intercambia con otros chicos. A veces no sé qué pensar de Frankie.

La tarde del velatorio, Me-me me ayuda a vestirme.

–¿Esperan que asista mucha gente? –me pregunta Me-me mientras plancha el que yo llamo mi vestido de funerales. Es de algodón negro con un cuello blanco a lo Peter Pan. Es el vestido de funerales de verano. Tengo también un vestido de funerales de invierno, regalo de Tío Nunzio. Es de lana negra con ribetes blancos.

–Seguramente –le digo. Normalmente todo aquel que conoció al difunto alguna vez aparece en los funerales de mis parientes italianos.

–Ya está –dice–. Ahora te tiene que quedar bien.

Me pongo el vestido por la cabeza y lo estiro hacia abajo. Lo noto un poco apretado a la altura del pecho.

–Me-me –le digo–, mira.

–Es que estás creciendo –dice Me-me–. Quítatelo y le soltaré un par de pinzas.

Unos cuantos tijeretazos, vuelta a plancharlo y me lo vuelve a dar. Me lo pongo y me miro en el espejo. No me queda muy bien.

–Es la última temporada para este vestido –dice Me-me con ojo crítico.

Suena el timbre de la puerta. Espero que sea Tío Angelo pero, al abrir la puerta, veo a Primo Benny ahí de pie, colocándose la corbata. Miro por encima de su hombro y veo a Frankie sentado en el asiento de atrás de su coche.

–¿Qué pasa? ¿Por qué nos llevas tú?

–El bebé está malito, así que Tía Teresa no puede venir.

–¿Y qué pasa con Tío Angelo?

–Está malo también –dice Benny pero, al decirlo, le tiemblan los labios, lo cual probablemente quiere decir que Tío Angelo ya está borracho otra vez. Tío Angelo se pone «malo» con mucha frecuencia.

–Bueno –le digo y me vuelvo a mirar a Me-me, que me está observando desde el vestíbulo–. Hasta luego, Me-me.

–Toma –me dice, alcanzándome un pañuelo blanco–. Una señorita siempre tiene que llevar pañuelo.

Me siento en el asiento de delante y miro hacia atrás. Frankie lleva puesto un traje, muy apretado. Por la pinta, parece de esos que hereda de Benny. Tiene en la cara una sonrisa de satisfacción.

–No deberías parecer tan contento –le digo.

–¿Por qué?

–Porque vamos a un velatorio –le explico.

A veces me pregunto cómo fue el funeral de mi padre. ¿Asistió mucha gente? ¿Estaba muy guapo metido en el ataúd? ¿Tocaron todos esos himnos tan tristes en la iglesia? A mí me habría gustado escuchar a Bing Crosby cantando la de *Solamente para siempre*.

–¿Tú fuiste al funeral de mi padre? –le pregunto a Benny.

Benny se vuelve a mirarme. Es verdaderamente mono. Es como una versión de Frankie en más mono y menos problemático.

–Sí. Pero yo era muy pequeño –me dice.

–Pero ¿cómo fue? –le pregunto.

Hace una mueca.

–Fue horrible. El peor funeral al que he ido. Nonny trató de tirarse dentro del ataúd y tu madre, tu madre... –su voz se apaga un poco–. Todo el mundo estaba destrozado. Recuerdo que pensé: «No sabía que los adultos pudieran llorar tanto». Fue horroroso.

–¿Sabes de qué murió?

–¿No fue de cáncer? –me pregunta Benny.

–Yo tengo entendido que fue de neumonía –le digo.

–Yo tengo entendido que le cayó un yunque encima –dice Frankie.

–Cállate, Frankie –le decimos Benny y yo a la vez.

La Funeraria Riggio es donde se hacen todos los velatorios de la familia. Está en la misma calle donde vive Ann Marie Giaquinto, y Benny conduce más despacio al pasar por delante de su casa.

El director de la funeraria, el señor Riggio, está de pie en la puerta saludando a todo el mundo.

–Hola, señor Riggio –le digo. Es la tercera vez que venimos a un funeral este año. Los otros dos fueron en primavera. Hay mucha gente mayor que muere en primavera, al menos en mi familia. No creo que me llegue a gustar nunca la Semana Santa.

–Penny –dice con voz cálida–. Estás preciosa, mi amor.

–Qué hay, señor Riggio –le dice Frankie.

–Frankie –contesta él brevemente, y frunce el ceño–. Todo el mundo está en la primera sala, si es que queréis pasar a presentar vuestros respetos.

–Bueno, gracias –le digo.

La gente está haciendo cola en el pasillo. Hay filas de sillas y un pasillito que conduce a la parte delantera de la sala, donde está el ataúd abierto para que lo vea todo el mundo. Está rodeado de llamativas coronas de flores. Las flores de los funerales son las peores, especialmente los lirios. Siempre me dan dolor de cabeza. No entiendo por qué tienen que usar las flores que tienen el olor más dulce para ponerlas alrededor de los difuntos. Frankie dice que es porque los difuntos no huelen demasiado bien, y así consiguen disimular el olor.

Vamos para dentro, Frankie agarra un taco de Cromos de Muertos de Tía Concetta y se los guarda en el bolsillo como si fueran un tesoro. Al llegar al féretro, me obligo a echar un vistazo, a pesar de que no soporto ver cadáveres.

–No está mal –dice Frankie.

Lo dice como un cumplido. Tía Concetta tiene mejor cara que cuando estaba viva. De hecho, parece que en cualquier momento se va a incorporar y va a empezar a hablar. Le han dado colorete y le han pintado los labios de color rojo brillante. Era una señora oronda, y tiene las mejillas tersas de lo gorda que estaba; apenas si tiene alguna arruga. Le han puesto un rosario en las manos.

Nos arrodillamos delante del féretro y hacemos como que rezamos.

–Tienes que darle un beso –me susurra Frankie.

–No pienso darle un beso –le contesto susurrando también–. Bésala tú.

–¿Y qué pasa si se mueve?

–Está muerta, Frankie.

–¿Cómo puedo estar seguro? ¿Qué pasa si sólo está dormida?

Bueno, he aquí la gran teoría de Frankie. Recomponen tan bien los cadáveres que él jura que están vivos de verdad. De muertos, nada. Siempre anda queriendo tocar los cuerpos para comprobar que están realmente muertos.

–Estamos atascando la fila –le susurro, mirando de reojo al viejo de aspecto malhumorado que hay detrás de nosotros, mirándonos.

Frankie se levanta y se inclina hacia el féretro.

–Frankie, no lo hagas –le digo–. Acuérdate de la última vez.

Pero él sigue adelante y le da un tironcito en el brazo a Tía Concetta.

–Frankie...

Pega un respingo.

–¡Mira, se ha movido!

Detrás de nosotros, el viejecito carraspea significativamente.

Frankie le da otro tironcito a Tía Concetta, un poco más fuerte esta vez, y las cuentas del rosario se quedan tintineando.

De repente, un brazo fuerte nos alcanza y agarra a Frankie por el cuello de la camisa y a mí por el brazo y nos arrastra hacia fuera. Es el señor Riggio, y está que echa humo por las orejas. Nos empuja hasta el pasillo de afuera. ¡Ahora sí que nos hemos metido en un buen lío!

—¿Qué te dije la última vez, Frankie Picarelli? —le requiere el señor Riggio—. ¡Prohibido dar tironcitos!

Frankie intenta zafarse de sus manos.

—¡Se ha movido! ¡Lo juro!

—Tú acércate a otro cadáver y te entierro yo a ti con mis propias manos, ¿entendido, muchachito? —dice el señor Riggio en un bufido.

—¡De acuerdo! ¡De acuerdo! —dice Frankie mientras se suelta y se frota el hombro—. Ya me ha quedado claro.

El señor Riggio mira con disgusto a Frankie, y a mí también, y se va hecho una furia.

—Te dije que no lo hicieras —le digo.

—Venga, tranquilízate. ¡Parecía que estaba viva!

Meneo la cabeza.

—A ver, a ti te atropella un coche y te mueres, ¿no? ¿No querrías que yo me asegurase de que estás muerta de verdad antes de que te entierren?

—Supongo —le digo echando un vistazo alrededor—. ¿Dónde está Benny?

–Ni idea –me dice.

Esperamos un rato sentados en unas sillas y ya la gente empieza a salir poco a poco.

Tío Dominic nos ve y nos pregunta:

–¿Vosotros dos os venís a casa a cenar?

–Se supone que Benny nos iba a llevar –le digo–. Pero no sé dónde se ha metido.

Él asiente con la cabeza y dice:

–Yo os llevo. Vamos.

Al recorrer la calle con el coche, Frankie señala por la ventanilla.

–¡Mirad, ahí está Benny! ¡Y se está peleando!

Ni que decir tiene que Benny está delante de la casa de Ann Marie Giaquinto y se está pegando con su marido. Benny se ha quitado la chaqueta del traje y tiene la camisa blanca manchada de sangre. Sangre de su propia nariz, me imagino. Yo diría que el marido de Ann Marie tiene un buen gancho de derecha.

–Por todos los santos –protesta Tío Dominic y sale del coche.

Frankie saca la cabeza por la ventanilla y grita como si estuviese en una pelea de gallos.

–¡Dale fuerte, Benny!

Tío Dominic no es un tipo corpulento pero va justo hasta donde están los dos y les dice sin subir la voz:

–Ya basta.

El marido de Ann Marie se echa para atrás, con el puño levantado como si fuera a pegar a Tío Dominic, pero Tío Dominic se mantiene firme. Se queda mirando al tipo hasta que baja el brazo soltando una palabrota. Ann Marie está de pie en la puerta principal, mirando con la cara pálida a Benny.

–¿Por qué ha tenido que interrumpirlos? –protesta Frankie, incrédulo–. Justo cuando empezaba a ponerse interesante.

Tío Dominic empuja a Benny hasta nuestro coche. Las puertas se abren y se cierran y Tío Dominic arranca el motor. Pesco en mi bolso el pañuelo que me había dado Meme y se lo paso a Benny, que lo acepta sin mediar palabra. Al final va a tener razón ella cuando dice que siempre hay que llevar uno. Aunque no creo que estuviera pensando en casos de narices rotas.

–¿Dónde está tu coche? –le pregunta Tío Dominic.

–Donde Riggio –escupe Benny.

Todos estamos muy callados durante un minuto, hasta que Frankie dice:

–¡Oye, Benny, podemos volver luego con más colegas y machacarlo!

–¿Se puede saber a ti qué te pasa? –le pregunta Tío Dominic a Frankie.

–Es que no la trata bien –dice Benny–. Nada bien.

–Pero ya no puedes hacer nada al respecto –le explica Tío Dominic–. Lo pasado, pasado.

–Pero... –dice Benny.

Tío Dominic menea la cabeza con mucha sobriedad.

–Benny, hay cosas que no se pueden cambiar y ya está, por mucho que uno quiera.

Nadie vuelve a abrir la boca durante el resto del trayecto.

Ya es tarde cuando llego a casa. Pop-pop está en el salón escuchando las interferencias de la radio. Entro y me siento a su lado.

–¿Me-me está ya en la cama? –le pregunto.

–Se ha levantado a las ocho y media. Yo no sé cómo hace esa mujer para dormir tanto. Se pasa la vida durmiendo, eso es lo que hace. ¿Qué tal el funeral?

–Estaba abarrotado –le digo.

–¿La comida estaba buena?

Asiento con la cabeza. Sí que lo estaba.

–El funeral de Mickey no fue gran cosa. Tardaron mucho en repatriar su cadáver. Lo hicimos bastante íntimo. Me bebí una botella de whisky yo solo. A Mickey le encantaba el whisky –Pop-pop me mira nostálgico–. ¿Sabes? Tienes las orejas de Mickey.

–Con que sus orejas, ¿eh?

–Tenía unas orejas estupendas. No eran orejas de soplillo.

–Pues ya es algo –digo y me recuesto contra Pop-pop–. Muchas gracias por las orejas, Primo Mickey.

En la radio retumban las interferencias, y nosotros las escuchamos.

Capítulo trece
Como los propios ángeles

La mañana del día de mi cumpleaños es como cualquier otra. Cualquiera habría pensado que el hecho de que yo cumpla doce años iba a provocar, por lo menos, un terremoto, pero lo único que pasa es que llega Escarlata O'Hara y se hace pipí en mi alfombra.

–Feliz cumpleaños –trina Me-me cuando entro en la cocina–. Te he hecho tortitas de plátano.

–Gracias –le digo mientras me pone delante un plato enorme. Por desgracia, los plátanos que ha utilizado no estaban maduros y las tortitas le han quedado llenas de grumos duros.

–¿Qué tal están? –me pregunta sonriendo.

–Están buenísimas –le digo con la boca llena de tortita amarga.

Cuando se da la vuelta, le paso el plato con el resto de las tortitas a Escarlata O'Hara.

Entra mi madre en la cocina y dice:

–¡Feliz cumpleaños, Gazapito!

Se saca una cajita de detrás de la espalda y me la da.

–Gracias –le digo–. ¿La puedo abrir ahora?

–Claro –me dice.

Al quitarle el envoltorio, veo que es una cajita de joyería. Miro con sorpresa a mi madre, que me devuelve una sonrisa. Recuerdo la historia que me contó de que el collar de perlas se lo habían regalado el día que cumplió doce años.

–Venga –me mete prisa.

Con cuidado le abro la tapa. Colocado sobre una almohadilla de terciopelo hay un collar con un rubí. El rubí lo reconozco a la primera.

–Es el rubí de mi anillo de pedida –dice mi madre–. He hecho que lo monten en una cadena para ti. ¿Te gusta? –me pregunta ansiosa.

–Claro –le digo.

–A ver –dice–. Déjame que te lo ponga.

Me quedo de pie, quieta delante de ella, mientras coloca la fina cadena de oro alrededor de mi cuello. Vamos al vestíbulo para mirarme al espejo, mi madre detrás de mí, con las manos sobre mis hombros.

–Estás preciosa –me dice–. Preciosa.

Pero lo único que logro pensar es que se ha deshecho de mi padre.

Después de desayunar, pasa Frankie a recogerme y nos vamos en bicicleta hasta el colmado. Tío Ralphie está solo allí y, por una vez, está en silencio.

—¿Dónde está Tía Fulvia? —pregunta Frankie.

—Se ha ido a llevar al bebé a casa de su madre —dice Tío Ralphie. Se vuelve hacia mí dándome un paquete envuelto—. Aquí tienes, princesa. ¡Feliz cumpleaños!

Es una tableta de nueces de pecán, lo mismo de todos los años. Tiene un amigo en el sur que se las consigue para mí.

—Gracias —le digo.

—De nada —me dice, y me da un fuerte abrazo.

—¿Y para mí qué? —dice Frankie.

—¿Para ti? A este paso, lo único que vas a conseguir es que te dé un buen capón —le dice Tío Ralphie.

—Era sólo una pregunta —dice Frankie.

Mientras nos vamos de allí con la bicicleta, le pregunto a Frankie:

—¿Tú qué me vas a regalar por mi cumpleaños?

—Como si fuera a regalarte algo —me contesta.

—Anda, venga —le digo—. ¿Qué me vas a regalar?

Se baja y aparca la bici. Rebusca en su bolsillo trasero y saca una bolsa de papel de estraza toda arrugada.

—Feliz cumpleaños —me dice.

Es un tebeo policiaco, *Misterios Policiacos*.

—Vale —le digo—. Gracias.

—Es muy bueno —me dice.

—¿Te lo has leído?

—¿Cómo? —me dice—. Tampoco le iba a pasar nada.

Al llegar a casa de Nonny, parece que allí no hay nadie. El coche de Tío Dominic está vacío y no hay coches en el camino de entrada.

–¿Dónde está todo el mundo? –pregunto.

–Tío Paulie y Tía Gina se han ido otra vez a Atlantic City –me dice–. Tío Dom no sé dónde está, ya sabes cómo es.

–Puede ser –le digo. Tengo que admitir que estoy un poco decepcionada. Esperaba como que la familia hiciera algo especial para celebrar mi cumpleaños.

Vamos por detrás de la casa hasta la puerta de la cocina, la abro y...

–¡Sorpresa!

¡Ahí están todos: Nonny, Tío Dominic, Tío Nunzio, Tía Rosa, Tío Paulie, Tía Gina, Tío Angelo, Tía Teresa, Tía Fulvia, Tío Sally y todos los demás!

Frankie me da un toque en el hombro, riéndose.

–¡Picaste!

Tío Ralphie entra por la puerta, todavía con el delantal puesto.

–Te lo habías creído todo, ¿eh?

–Sí –digo y le doy un fuerte abrazo–. Me habéis tomado el pelo completamente. ¿Quién ha quedado en la tienda?

Hace un gesto con la mano.

–La he cerrado.

–Es que sólo vas a cumplir doce años una vez en la vida –dice Tío Sally.

Tío Paulie golpea suavemente a Frankie en la cabeza.

–Ha sido tu malvado primito el que ha tenido la idea de que aparquemos todos los coches en el callejón de atrás para despistarte. Es todo un cabecilla del crimen organizado.

–Si yo soy bueno –protesta Frankie.

–Sí, bueno para andar husmeando por ahí –dice Tío Paulie bajando la voz–. Que no te coja yo cavando en el jardín, ¿entendido?

–¿Quién ha dicho nada de cavar? –dice Frankie con cara de angelito.

–Es hora de que la chica del cumpleaños sople las velas –declara Tía Gina trayendo una tarta.

La tarta es enorme. Tiene nueces de pecán caramelizadas y tiene escrito con letras blancas de nata:«¡Feliz cumpleaños, princesa!».

–Es una tarta de ron –dice Tío Nunzio guiñándome un ojo–. Ya eres una niña mayor.

Tío Dominic pega un silbido y entra Reinita V trotando. Él empieza a cantar «Cumpleaños feliz» y Reinita V se pone como loca a correr en círculos, con el pelo al viento, ladrando y aullando al compás de Tío Dominic. ¡Parece que es ella la que está cantando! Una vez que la perrita ha terminado, todo el mundo le grita: «¡Otra, otra!», y ella lo vuelve a hacer. Tío Dominic se arrodilla y le da una galleta.

–Jo, eso sí que ha sido original –le digo riéndome–. ¿Era eso lo que estabas tratando de enseñarle todo este tiempo?

Tío Dominic asiente con la cabeza.

–Intenté enseñarle *Pennies from heaven* pero no le pillaba el ritmo.

Me inclino hacia delante para soplar las velas.

–Pide un deseo –me dice Tío Dominic.

Pero no se me ocurre nada que desear. Tengo todo lo que quiero.

Después de la tarta, pasamos al comedor, donde han preparado un copioso almuerzo. Está todo lo que más me gusta: buñuelos de patata, croquetas de arroz, pimientos rellenos, berenjenas, lasaña, *pastiera*... el lote completo.

–Tu abuela lleva cocinando varios días –me dice Tío Paulie.

–*Cocca mia* –me dice Nonny–. *Ti voglio bene.*

Conozco de sobra esas palabras.

–Yo también te quiero, Nonny –le contesto.

Al poco rato, todo el mundo está comiendo. Se me permite beber un dedito de *chianti* y, entre eso y la tarta de ron, la cabeza me da vueltas.

Frankie me susurra al oído:

–Creo que Tío Paulie lo sabe todo. Lo de la excavación y eso.

Me llegan regalos de todos los comensales de la larga mesa. Tío Nunzio y Tía Rosa me regalan una extravagante falda de satén, Tío Angelo y Tía Teresa me regalan un conjunto de cepillo y peine y Tía Gina y Tío Paulie me regalan unos mercéditas de charol negro.

–Son zapatos de baile –me dice Tía Gina con una sonrisita.

Nonny me regala un cuello de encaje hecho por ella misma y Tío Sally me regala cinco dólares.

–Cómprate algo que te guste, corazón –me dice.

Después de todo eso, aparece Tío Nunzio montado en una resplandeciente bicicleta nueva a la que le han puesto un gran lazo rojo. Frankie pega un silbido de admiración.

–Nos enteramos de que tu antigua bicicleta sufrió un accidente –dice Tío Nunzio.

–Madre mía –digo yo atónita–. Es una bicicleta estupenda.

El pequeño Enrico se acerca como puede hasta la bicicleta, la saluda con la mano y dice:

–¡Te aúpe, te aúpe!

Tío Nunzio lo monta en el sillín, Enrico pone una gran sonrisa y todo el mundo se ríe.

–Mejor será que no le quitemos el ojo de encima a ese niño –dice Frankie en voz baja.

–Hay un regalo más –dice alguien. Levanto la mirada y veo a Tío Dominic. Naturalmente, él no ha comido con nosotros.

–¿Más aún? –pregunto.

Me pasa un pequeño sobre por debajo de la mesa. Yo pienso que tal vez sea dinero pero, al mirar lo que hay dentro, no me puedo creer lo que ven mis ojos.

–¿Qué es, muñeca? –me pregunta Tía Gina.

–Son entradas –digo, y levanto la mirada buscando los ojos de Tío Dominic–, ¡para el partido de los Dodgers de esta noche!

–¿Vas a ir al partido? –brama Frankie.

Miro a Tío Dominic.

–Me las ha conseguido un viejo amigo mío del club de béisbol –explica.

–¿Y qué pasa conmigo? –pregunta Frankie–. ¿Te han dado una entrada para mí?

–Hoy es el día de la princesa –le aclara Tío Nunzio.

Frankie se pone rojo de rabia.

–Ah, ¿sí? Pues más vale que a mí también me regaléis entradas por mi cumpleaños, es lo único que digo.

–Tengo una entrada para ti también, Frankie –dice Tío Dominic meneando la cabeza.

A Frankie se le ilumina la cara.

–¿Has oído, Penny? ¡Vamos a ir al partido!

Tío Dominic me mira y me pregunta:

–¿Qué te parece, princesa?

Tío Dominic y Frankie me esperan en el coche mientras yo entro corriendo en casa.

Madre está en lo alto de una escalera en medio del salón con una guirnalda de papel de seda. Hay globos por todas partes y unos regalos encima de la mesa del comedor.

–Papi –dice ella–, ponlo un poco más arriba.

–¿Qué? –dice Pop-Pop–. ¿Qué?

Mi madre me ve aparecer por la puerta y se queda de piedra.

–Gazapito, ¿qué haces en casa tan temprano?

–Uy, ¿esto es para mí?

–Pues claro –dice ella con una sonrisa–. Aunque se supone que iba a ser una sorpresa.

–Estoy muy sorprendida –le digo.

–Lo mejor será que salgas y vuelvas dentro de unas horas. Hazte la sorprendida.

–Mira –le digo blandiendo las entradas de los Dodgers–. Son entradas para el partido de los Dodgers de esta noche. Me las ha regalado Tío Dominic.

Ella se queda patidifusa.

–¿De verdad?

Fuera, Frankie se apoya en el claxon.

–Me-me ha preparado una cena especial –me dice mi madre–. Y también una tarta.

–Por favor –le digo–. Por favor.

Mi madre lanza una mirada al coche de Tío Dominic, que espera con sus dos ocupantes en el bordillo con el motor en marcha. En su cara aflora algún sentimiento, y cierra los ojos un momento. Cuando los vuelve a abrir, parece resignada.

–Muy bien –me dice–. Puedes ir.

Me abalanzo sobre ella y le doy un fuerte abrazo.

–¡Gracias! –le digo–. ¡Éste es el mejor regalo del mundo!

Sonríe con un poco de tristeza.

–Nos comeremos la tarta en el desayuno.

–Sí, en el desayuno –le prometo.

A pesar de que he vivido toda mi vida no muy lejos de la ciudad de Nueva York, lo cierto es que nunca he estado allí. Madre dice que la ciudad es peligrosa, lo cual la hace aún más emocionante.

Tío Dominic nos lleva de paseo por la ciudad para que podamos contemplar el panorama. ¡Es increíble! Los edificios son tan altos que casi tengo que partirme el cuello para verlos enteros. Pasamos por delante del Salón de Música Radio City, de la Gran Estación Central y del Empire State para dirigirnos finalmente al centro por el puente de Brooklyn.

Los Dodgers juegan en casa, en el Estadio Ebbets. Nos lleva un rato, pero al final encontramos una plaza de aparcamiento y seguimos a la multitud. Hay un sentimiento de entusiasmo en el aire que no se parece a nada que yo haya sentido antes. Parece como si toda la ciudad fuera a asistir al partido.

Hay un par de chicos hablando con el policía de la puerta.

–Tiene que dejarnos entrar –le está diciendo uno de ellos–. Mire, aquí el colega quedó lisiado por la polio y ya lo único que le interesa en la vida es el béisbol.

El policía examina al chaval lisiado, sacude la cabeza y dice:

–Venga, pasad, que me estáis rompiendo el corazón.

Los chicos se sonríen el uno al otro y se cuelan por la puerta.

–Eso voy a tener que probarlo algún día –dice Frankie impresionado–. Sólo tengo que encontrar a un chaval lisiado.

Entramos en el gran vestíbulo redondo. He oído hablar muchas veces de este vestíbulo. Pero una cosa es oír la descripción por la radio y otra muy diferente verlo con los propios ojos. Es una sala circular de mármol decorado con costuras como las de una pelota de béisbol. Las ventanillas donde venden las entradas son doradas y las lámparas tienen forma de pelotas de béisbol sujetas por bates de béisbol.

–¡Qué bonito! –digo.

–Espera a ver esto –dice Tío Dominic y lo sigo a través de una puerta.

Se me quedan los ojos como platos del impacto al ver por primera vez el Estadio Ebbets. El campo de juego es de un verde brillante y hay letreros todo a lo largo de la valla de los marcadores.

Frankie mira uno de los letreros.

–¿Qué quiere decir eso? «Dale al letrero y gana un traje nuevo».

–Ésa es la de Abe Stark, chaval –dice un tipo que está a nuestro lado–. Cualquier bateador que le dé a ese letrero, se gana un traje gratis. Abe Stark tiene una tienda en la Avenida Pitkin.

–Apuesto a que yo podría darle a ese letrero –dice Frankie calibrándolo con la mirada.

–¿Veis aquél de allí? –dice Tío Dominic señalando un anuncio de cerveza Schaefger que hay en lo alto del marcador, en el frontal derecho del campo–. Se le enciende la letra g si el bateador golpea la pelota, y la f si la falla –dice.

Pensaba que nuestros asientos estarían en lo alto de las gradas, que es adonde está yendo casi todo el mundo, pero Tío Dominic se va derecho hacia la primera fila, al lado de la primera base, justo encima del pasillo por donde salen los Dodgers. Estamos tan cerca del campo que si estiramos el brazo casi podemos tocar a los jugadores.

Entonces Tío Dominic se abre paso por la fila y toma asiento.

–¿Nos vamos a sentar aquí? –le pregunto atónita.

Tío Dominic asiente con la cabeza.

Frankie se apoya contra la valla.

–¡Mira! ¡Ése es Jackie Robinson! ¡Hola Jackie! –grita.

¡Ahí están todos: Pee Wee Reese, Duke Snider, Gil Hodges y Roy Campanella!

La organista, Gladys Gooding, arranca a tocar el *Seguid a los Dodgers*, y empieza el partido. Parece más un carnaval que un partido de béisbol. Hay tantas cosas que ver y que oír. Los vendedores de perritos calientes y cerveza fría canturrean: «¡Bien fresquitas me las traigo, más que el mismo Polo Norte!». La Banda Sinfónica de los Dodgers de Brooklyn se pone a tocar *Tres ratones ciegos* cuando salen los árbitros al campo, y una mujer muy graciosa llamada Hilda Chester que está sentada en la tribuna les grita: «¡Chupaos ésa, so inútiles!».

Tenemos los mejores asientos, y no necesito mirar al cielo para saber que estamos como los propios ángeles.

Capítulo catorce
Lo mejor que nos ha podido pasar

Unos días después, me despierto en mi cama y noto un olor horrible.

A principio pienso que es el retrete otra vez, pero miro hacia abajo y veo a Escarlata O'Hara tumbada en la alfombra, justo encima de su propia porquería.

Me mira parpadeando y lanza un aullido.

–Escarlata O'Hara –le digo–. Otra vez, no.

Salto por encima de ella y voy al cuarto de baño a por una toalla. Cuando vuelvo, sigue ahí tumbada.

–Escarlata, ven aquí –le digo poniéndome de rodillas a su lado.

Trata de levantarse con las patas delanteras, pero algo le pasa, porque no puede mover las patas traseras y parece como confusa. Ahí es cuando me doy cuenta de que el rabito tampoco lo mueve. La levanto con cuidado, la limpio, la envuelvo en la toalla y me la llevo a la cocina.

Me-me está sentada a la mesa, tomando café.

–Buenos días –me dice, y ve las lágrimas que me caen por las mejillas–. ¿Qué te pasa?

–Creo que Escarlata O'Hara está herida –le digo–. No puede mover las patas traseras.

–Ay, Penny –me dice.

Voy al salón y llamo al colmado. Tío Ralphie contesta el teléfono.

–Tío Ralphie –le digo–. No puedo ir a trabajar. Tengo que llevar a Escarlata O'Hara al veterinario. Está malita.

–Cuánto lo lamento, corazón –me dice, pero le noto cierta preocupación en la voz–. Dime, ¿has visto a Frankie hace poco?

–No –le digo.

–Si lo ves, dile que me llame, ¿de acuerdo?

–¿Ha pasado algo? –le pregunto.

–Nada que deba preocuparte, corazón –me dice–. Tú cuida de tu perrita.

–De acuerdo –le digo y cuelgo el teléfono.

Al volver del veterinario, Me-me baja al sótano y vuelve con los pañales de tela que yo usaba de bebé.

–Ponle esto –me sugiere.

Escarlata O'Hara se porta muy bien mientras le pongo los pañales.

–¿No está bien la perra? –pregunta Pop-pop bruscamente.

No me molesto en hacerme la valiente.

–El doctor Brogan dice que está muy malita. Dice que intentemos que esté a gusto.

Pop-pop ya parece más considerado.

–Es lo mejor para ella.

Saco su camita al porche de verano y la meto dentro de manera que tenga una bonita vista del jardín. Me siento a su lado a cepillarle el pelo. Les aúlla flojito a las ardillas que corretean por su jardín. Me dan ganas de salir corriendo a perseguirlas, viendo que ella no puede.

–¿Te encuentras mejor, Escarlata? –le pregunto dándole palmaditas en el lomo.

Veo un movimiento ondulante en los arbustos de detrás.

–¡*Pssst*! –dicen los arbustos–. ¡Penny!

Al principio pienso que he perdido un tornillo, pero después veo una mano que me saluda desde detrás del arbusto más grande. Salgo al jardín y, cuando llego al lado, la mano me agarra y me mete en el arbusto.

Es Frankie. Está sucio y a juzgar por su ropa, ha dormido con ella puesta. Empieza a hablar muy rápido y nada de lo que dice tiene sentido.

–¿Ha estado aquí la policía?

–¿La policía?

–Sí –dice mirando alrededor, nervioso–. ¿Has visto algún policía?

–¿De qué estás hablando? ¿Y por qué te escondes en los arbustos?

–Llevo esperándote toda la mañana –me dice.

–Entonces ¿por qué no has entrado por la puerta principal? –le pregunto.

–Es que me están buscando –dice en voz baja.

Se me encoge el estómago.

–Frankie, ¿qué has hecho?

Él cierra los ojos y traga saliva.

–La idea era simplemente, sabes, tomar prestado algo de dinero del cepillo. Para ayudar en casa.

–¿Has robado en San Antonio?

–¡Lo iba a devolver! ¡Lo juro! Pero cuando apareció el Padre Giovanni, me entró el pánico. Estaba oscuro, volqué la estantería esa y le cayeron encima todos los misales.

–¿Está herido?

Frankie niega con la cabeza.

–Qué va, pero no creo que esté nada contento con lo de la vidriera.

–¿Qué es lo de la vidriera?

–Rompí una vidriera para salir.

–Tío Ralphie te está buscando –le digo.

–¡Soy un forajido! –me dice airado.

–Frankie, no eres más que un niño. No te pueden meter en la cárcel. Les diremos que fue un accidente.

Se le apaga el brillo de la mirada.

–Supongo que debería entregarme.

–Te puedes quedar en el sótano –le digo rápidamente–. Allí nadie te encontrará.

Se encoge de hombros, resignado de antemano.

–Aquí me van a encontrar enseguida. Es el primer sitio donde me van a buscar.

Nos quedamos los dos allí de pie durante un minuto.

–Vamos para dentro –le digo–. Vamos a llamar a Tío Ralphie. Él sabrá qué hacer.

Frankie duda y luego asiente.

–¿Dónde has dormido? –le pregunto de todos modos.

–Detrás de ese arbusto –dice rascándose el hombro enérgicamente–. Tenéis unas hormigas muy malas ahí debajo.

Vamos al porche y Escarlata O'Hara levanta la cabeza.

–¿Por qué lleva pañales? –me pregunta–. ¿Es que estás jugando a las muñecas o qué?

–Está malita –le digo–. No puede mover las patas de atrás.

Él se arrodilla y le rasca la barbilla.

–Escarlata, no dejes que los gatos te vean con esos pañales. Vas a ser el hazmerreír del barrio.

–El médico dice que puede que se muera –murmuro.

–No pierdas la esperanza en ella –dice Frankie abruptamente–. No pierdas nunca la esperanza en nadie, aunque sea un perro, ¿verdad, Escarlata?

Escarlata O'Hara aúlla desde lo más hondo de su garganta como si no pudiese estar más de acuerdo.

–¿Qué va a pasar? –le pregunto esa noche a Madre en la cena.

Tío Ralphie recogió a Frankie y se lo llevó a comisaría.

–Probablemente tendrá que ir a un reformatorio. No se puede ir por ahí robando en las iglesias.

Quiero gritar que no ha sido culpa suya, que él sólo quería ayudar.

–Sabes que nunca me ha gustado que pases tanto tiempo con él –me dice–. Hace años que anda metiéndose en problemas.

–De tal palo, tal astilla –apunta Me-me meneando la cabeza–. Toda esa familia tiene más problemas con la justicia que...

–Madre –la interrumpe mi madre.

Me-me frunce los labios.

–Frankie no es ningún delincuente –digo yo.

–Ahora sí que lo es –me dice mi madre.

–¡Pero es mi primo! –digo yo.

Pero, cuando miro alrededor de la mesa, nadie me devuelve la mirada.

Después del almuerzo, voy a casa de Frankie.

Toco el timbre de la puerta pero nadie contesta. Oigo al bebé que llora dentro, así que decido insistir y vuelvo a llamar.

–¿Quién es? –grita Tía Teresa desde el otro lado de la puerta.

–Soy yo, Tía Teresa. Soy Penny.

Se abre la puerta de golpe. Tía Teresa lleva al pequeño Michael en brazos y tiene unas ojeras enormes.

–¿Está Frankie en casa? –le pregunto.

–¡Frankie! –vocifera y se va para dentro.

Frankie sale a la puerta; tiene muy mala cara.

–¿Estás bien? –le pregunto.

–Estoy deshecho –me dice–. Me van a mandar a algún sitio.

–¿Pero no te van a hacer un juicio? ¡Tienes que decirles por qué lo hiciste!

Se encoge de hombros.

–No creo que a este juez le importe. La última vez me dijo que no quería volver a verme en su juzgado.

–Tiene que haber algo que podamos hacer –le digo, pero se ve que está destrozado.

–¡Frankie! –le llama Tía Teresa–. ¡Ven aquí ahora mismo!

–Ya se nos ocurrirá algo –le digo muy deprisa–. Ya sabes...

–Más vale que entre –me dice con voz cansada, y cierra la puerta.

Al llegar a casa, Pop-pop me está esperando en el porche. Me pone una mano en el hombro y me mira cabizbajo.

–Escarlata O'Hara –dice, y nada más.

Mi madre entra en mi habitación cuando vuelve a casa del trabajo. La verdad es que nunca la he visto llorar, pero no tiene muy buena cara. Tiene los ojos rojos y está muy pálida.

–Pop-pop me acaba de contar lo de Escarlata O'Hara –me dice, y se atraganta–. Era una perrita tan buena. La tengo a ella desde antes de tenerte a ti, ya sabes.

–Te la regaló mi padre, ¿verdad? –le pregunto.

–Sí –dice y desvía la mirada hacia la pared–. Tal vez sea lo mejor que nos ha podido pasar. Así, por lo menos, no ha tenido que sufrir mucho. Ha muerto en casa rodeada de gente que la quería.

Esa noche, tumbada en la cama, lo único que acierto a pensar es que nada de esto es lo mejor que ha podido pasar. Que Escarlata O'Hara se muera y que manden a Frankie al reformatorio ¿cómo va a ser lo mejor para nadie?

Me imagino a Frankie en una casa llena de chicos horribles, en una cama de hierro frío, y sé que si lo meten allí saldrá convertido en un chico malo. Que él no podrá resistir algo así; no hay manera. Frankie es como un árbol que está medio partido.

Una buena tormenta y caerá al suelo.

A la mañana siguiente voy a casa de Nonny. Tío Dominic está sentado en su coche, rellenando un crucigrama. Me meto en el asiento de delante.

–Tienes que ayudar a Frankie –le digo–. No puedes dejar que se lo lleven.

–No sé qué puedo hacer yo, princesa –me dice.

–¡Pero la policía no sabe lo que pasó de verdad! Tío Angelo se ha vuelto a quedar sin trabajo y necesitan dinero, y él sólo iba a tomarlo prestado. ¡Frankie no es un delincuente! Sólo estaba intentando ayudar.

Tío Dominic no dice nada.

–Por favor –le ruego, y la voz se me va poniendo cada vez más alta, más fuerte–. Tú conoces a Frankie. ¿Por qué nadie sale en su defensa?

–Princesa...

Ahora ya estoy llorando.

–¡No es más que un niño! ¡Es mi mejor amigo! Y Escarlata O'Hara ha muerto y todo el mundo se empeña en decir que es lo mejor que nos ha podido pasar. ¡Pues no, no lo es!

Entonces Tío Dominic me rodea con sus brazos y me deja moquearle la camisa.

–Todo se va a arreglar, princesa –dice una y otra vez.

Esa tarde, Frankie viene a mi casa.

–¡Ya pasó todo! ¡No me mandan a ningún lado! –me dice.

–¿De verdad?

Él asiente con la cabeza y yo me pongo tan contenta que le doy un abrazo. Él lo soporta durante un breve instante y luego me empuja para que me aparte.

–Anda, venga ya –me dice–. Eres peor que Nonny.

–¿Qué es lo que ha pasado? –le pregunto.

–Según lo que a mí me han contado, Tío Dominic habló con Tío Nunzio, Tío Nunzio es colega del obispo y el obispo ha accedido a retirar los cargos.

–Es fantástico –le digo–. ¿Así que no vas a tener ningún problema?

–Qué va –dice y luego frunce el ceño–. Pero Tío Nunzio ha dicho que voy a tener que trabajar en la fábrica hasta pagar la vidriera nueva de San Antonio. Y tengo que pedirle disculpas al Padre Giovanni –parece un poco apesadumbrado–... No creo que pueda ser monaguillo nunca más.

–Podría ser peor, ¿no?

Por fin sonríe. Es la primera vez que lo veo sonreír desde que empezó todo esto.

–¡A que no sabes qué! ¡Tío Nunzio le dijo a Papá que tiene un amigo que está buscando a alguien para conducir un camión y que si a él le interesaba, y Papá le ha dicho que sí! ¡A que es fantástico!

–Es estupendo –le digo, aunque sé que no va a durar mucho. Pero no quiero decir nada que le borre la sonrisa de la cara.

De repente se da cuenta de que la cama de la perrita está vacía.

–Dime, ¿cómo está Escarlata?

No le digo nada; simplemente me quedo mirándolo.

–Ay, Dios –dice–. Menuda semanita, ¿eh?

–Desde luego.

–¿Dónde la habéis puesto? –me pregunta.

–Pop-pop dice que se mantendrá mejor en el sótano hasta que la enterremos. No sé dónde deberíamos ponerla.

A Frankie se le ilumina la cara.

–Yo sé cuál es el sitio perfecto –dice.

Se lo pregunto a Madre y me quedo sorprendida cuando me dice que bueno.

Tío Dominic cava un foso para Escarlata O'Hara en el jardín de Nonny, justo al lado de donde están enterrados todos los Reyes y las Reinitas. Nuestra prima, la Hermana Laura, viene a casa de Nonny y dice unas oraciones sobre la tumba. Frankie pone el tocadiscos en la ventana con la canción de Bing Crosby *Aquí yace el amor*. No es La Arboleda Sombría, pero está muy bien.

–Va a tener mucha compañía –me dice Tío Dominic cuando termina de tapar el hoyo.

–Sí –le digo y ya me siento un poco mejor.

Esa noche, al irme a dormir, sueño que Escarlata O'Hara está con todos los Reyes y las Reinitas. Los está persiguiendo a todos, mordisqueándoles los talones, con ardillas correteando por todas partes.

La perra más feliz del cielo entero.

Capítulo quince
Un castigo peor que la muerte

Es un día vaporoso de agosto.

Después de terminar de trabajar en el colmado, vamos en bicicleta a comer a mi casa. Hace tanto calor que estoy empapada de sudor hasta la médula y me cambio la ropa que llevo por una blusa limpia y un pantalón pirata.

Cuando salgo, veo a Frankie sentado en la cocina con Pop-pop, comiéndose uno de los bocadillos de salchichas de hígado que hace Me-me. Debe de estar desesperado.

–Dígame, ¿usted llegó a utilizar alguna vez uno de esos bazucas? –le pregunta Frankie a Pop-pop–. ¡Ya le digo, si yo me cruzara a un japo o a un nazi, le dispararía con el bazuca! ¡Pum!

No sé cuál de los dos está peor, Frankie o Pop-pop.

–¿Qué? –dice Pop-pop–. ¿Cómo dices?

–Digo que si llegó usted a utilizar uno de esos bazucas –le grita Frankie.

–¿Para qué lo quieres saber? ¿Es que estás pensando en dispararle a alguien? –le pregunta Pop-pop suspicaz.

–Qué va –dice Frankie–. A mí mejor déme un misal cuando quiera.

–¡Frankie! –le digo.

–Mi sobrino, Mickey, fue piloto durante la guerra –dice Pop-pop–. Las Fuerzas Aéreas.

–¿Como Gregory Peck en *Almas en la hoguera*? –pregunta Frankie.

Pop-pop asiente con la cabeza.

–A mí me gusta Gregory Peck –digo yo–. Ése sí que es guapo.

–Cuando Mickey me dijo que se iba a Europa, yo le dije: «Mickey, come todo lo que puedas» –dice Pop-pop.

–¿Por qué le dijo usted eso? –le pregunta Frankie.

–Porque así, si los nazis le daban y lo hacían prisionero, por lo menos no se iba a morir de hambre.

–Buen consejo. Y entonces, ¿le dieron o qué?

–Cuando sobrevolaba Alemania. No sobrevivió al accidente –a Pop-pop se le rompe la voz y se le inundan los ojos–. Vivo con eso dándome vueltas en la cabeza.

–Por lo menos no tuvo que preocuparse de no morirse de hambre –dice Frankie en voz baja.

Pop-pop nos ve a Frankie y a mí que le estamos mirando y nos dice:

–Venga. ¿No tenéis otro sitio a donde ir? Dejad de molestarme.

Cogemos nuestros bocadillos y salimos al porche delantero.

–¿Qué te apetece hacer? –le pregunto mirando al sol que pega sin clemencia.

–Ve a preguntarle a Me-me si puedes ir a la piscina –dice Frankie.

–Tendría que presentarse aquí Esther Williams a invitarme personalmente para que me dieran permiso para meter el dedo gordo del pie en la piscina –le digo.

Como ya he dicho, hay personas que piensan que se puede agarrar la polio por nadar en una piscina pública, y una de ellas mi madre, y ése es el motivo de que yo no haya puesto un pie en una piscina en todo el verano. Mi madre me cuenta historias horribles de lo que es tener la polio; me cuenta cómo los niños que la sufren tienen que estar conectados a un pulmón artificial, se quedan lisiados y algunos hasta se mueren. Hasta donde yo sé, para lo único que le sirvió a mi madre la escuela de enfermería fue para cogerle miedo a todo.

–Venga –dice Frankie–. Ve a preguntarle. Me-me es una buenaza. Puede que te dé permiso.

Al entrar, veo a Me-me haciendo números.

–¿Puedo ir a la piscina? –le pregunto–. ¿Por favor?

Ella niega con la cabeza.

–¿Es que quieres acabar con un pulmón artificial?

Pues sí que es una buenaza.

–No creo que con un pulmón artificial pase más calor del que estoy pasando aquí –farfullo, y vuelvo para fuera.

–¿Y bien? –me pregunta Frankie.

–A este paso, voy a cumplir cien años antes de poder tirarme a una piscina –le digo.

No sentamos a la sombra en el porche y jugamos a los naipes. Frankie juega mejor que yo, principalmente porque hace trampas. Su padre le ha enseñado todo tipo de trucos con las cartas que aprendió cuando estaba en la cárcel.

—Ya está bien, ¿no? —le digo cuando me gana la quinta mano seguida.

—¿El qué? —pregunta inocentemente.

Le lanzo una mirada.

—He visto cómo te sacabas esa carta del bolsillo.

—¿Qué carta?

—El as —le digo.

—Lo que te pasa es que no sabes perder —dice con una sonrisita.

—No es verdad.

Me-me sale con un sombrero, y Pop-pop a su lado.

—Vamos a ver a los Hart —anuncia—. No volveremos hasta las cinco.

—Bueno —le digo.

Mira de reojo a Frankie.

—¿Os puedo dejar aquí solos?

—Sí, Me-me —le digo—. Te prometo que no haremos nada emocionante.

Ella aprieta los labios dando a entender que no se va tranquila dejándome con Frankie.

—¿A qué estamos esperando? ¿A que me vuelva a salir el pelo? —pregunta Pop-pop.

168

—No os metáis en líos —me advierte Me-me por encima de su hombro cuando se dirigen hacia el coche.

En cuanto el coche ha doblado la esquina, Frankie me agarra de la mano y dice:

–¡Vamos!

–¿Adónde? –le pregunto.

Él arruga la cara.

–¡A la piscina! ¿Adónde va a ser?

–Pero Me-me me ha dicho que no vaya.

A Frankie se le pone un brillo maligno en la mirada.

–Piensa en toda esa deliciosa agua fresquita que se va a desperdiciar.

Yo cavilo.

–No sé.

–Venga –dice Frankie–. Nos vamos ahora y regresamos antes de que Me-me y Pop-pop estén de vuelta, ¿te parece?

Lo miro poco convencida.

–¿Y si mi madre se entera?

Me guiña un ojo.

–Ella nunca lo sabrá.

Estoy haciendo el muerto, mirando el cielo azul, con una sonrisa en los labios.

Después de ponernos los trajes de baño y coger las toallas, hemos venido con las bicicletas hasta la piscina. Parece que todos los chavales del pueblo están hoy aquí. Supongo que las otras madres no comparten las preocupaciones de la mía. O eso o que no resisten las súplicas de sus hijos.

¡Pero la mayor sorpresa de la tarde es que Jack Teitelzweig trabaja aquí de ayudante de socorrista!

–Hola, Penny –me dice Jack.

Me quedo tan estupefacta que no sé ni qué decir; me limito a hacerle un gesto con el mentón a modo de saludo. Afortunadamente, no ve mi horrible pelo porque llevo puesto un gorro de natación.

Ahora ya no puedo parar de pensar en Jack. Tiene una sonrisa maravillosa. De repente me asaltan esos absurdos pensamientos de Jack invitándome a salir o sacándome a bailar. Casi me ruborizo al imaginarme cómo sería darle un beso. Entonces me doy cuenta de que debo de estar soñando porque oigo a Jack gritar mi nombre.

–Penny –me llama.

Yo sigo haciendo el muerto, pero él me vuelve a llamar y esta vez sí que abro los ojos.

–Penny Falucci. Por favor dirígete al puesto del socorrista –dice por el megáfono.

No puedo creer lo que oyen mis oídos pero, cuando levanto la vista, veo a Jack que está de pie en el bordillo haciéndome señas con la mano. Le hago una seña yo también y me quedo petrificada. Porque de pie a su lado está...

Mi madre.

Todos los chavales de la piscina empiezan a reírse y a aplaudir, incluso algunos dan silbidos, mientras me dirijo hasta allí. Verónica está sentada en el bordillo y me manda un saludito.

Y ahí es donde me doy cuenta de que acabar con un pulmón artificial no puede, de ninguna manera, ser peor que morirse de pura vergüenza.

Mi madre me regaña durante todo el camino de vuelta.

Parece ser que había vuelto antes a casa para darme una sorpresa y, al no encontrarme allí, empezó a sospechar.

–Estoy tan decepcionada –me dice–. Espera a que Me-me se entere de esta bravuconada tuya.

Yo no digo nada. Me limito a mirar para delante.

–¿Así es como nos pagas por confiar en ti? ¿Por creer que te vas a comportar como es debido? –me reclama.

–¡Tener un pulmón artificial no puede ser peor que vivir así! –le grito–. ¡No puedo ir a ver películas! ¡No puedo ir a la piscina! ¡Es como si fuera una prisionera! ¡No me dejáis hacer nada!

–Eso dímelo luego –responde en tono desalentador.

No me dejan salir de casa durante el resto del verano, y sólo estamos a principios de agosto. Los únicos sitios a los que puedo ir son el colmado y la casa de Nonny.

–¿Cómo iba yo a saber que tenía un espía? –protesta Frankie cuando se entera.

Después de pasar la mañana en el colmado, me voy derechita para casa, me hago un sandwich de queso de untar y jalea de uvas y salgo al porche delantero a comérmelo. Esto es lo más emocionante que me va a pasar hoy. Sólo ha transcurrido una semana, pero puedo jurar que ya sé lo que se siente estando en la cárcel. Ya entiendo por qué Tío Angelo está tan hecho polvo. ¿Cómo puede alguien hacer nada después de una tortura así?

Me-me abre la puerta delantera y sonríe.

–¿Te apetece un poco de tarta?

Niego con la cabeza.

–A lo mejor podemos hacer una colcha nueva para tu cama esta tarde –me sugiere–. Decías que te gustaría cambiar la que tienes.

–Ya me da lo mismo.

Me-me suspira y cierra la puerta a regañadientes.

Sé que Me-me sólo quiere animarme, pero una colcha nueva no va a resolver el hecho de que mi vida se haya ido al garete. Cualquier otro chaval del pueblo se lo está pasando bien y yo estoy clavada en casa con Me-me y Pop-pop. Me quedan varias semanas así por delante, por no mencionar lo que se van a reír de mí al volver a la escuela. Y eso no es todo. ¡Madre está saliendo otra vez con el señor Mulligan! Pensé que me había deshecho de él pero anoche volvió a presentarse en la puerta.

–¿Estás saliendo con él otra vez? –le pregunté a mi madre–. Pero si es, es...

–No quiero oír ni una palabra más, jovencita –me interrumpió–. Aún no me he olvidado del numerito que montaste cuando vino a cenar.

Mientras estoy considerando si huir a Alaska porque por lo menos allí no hace tanto calor, llega un coche.

–Hola, princesa –me llama Tío Dominic por la ventanilla abierta.

Corro hacia el coche.

–¡Hola! –le digo asomándome hacia dentro.

–¿Estás ocupada?

–No, a menos que estar sentada sin hacer nada cuente 172 –le digo.

–¿Qué dices de ir a la playa? –me pregunta.

Me pongo triste.

–No puedo. Me porté mal.

–Eso me han dicho –me dice.

Me quedo mirando al suelo y de repente pego un brinco cuando le oigo decir:

–A lo mejor yo puedo hablar con tu abuela.

–¿De verdad? ¿Harías eso por mí?

Se muerde el labio de abajo y asiente.

Me quedo esperando en el porche mientras él está dentro hablando con Me-me. Nunca sabré lo que le dijo; lo único que sé es que pasados unos minutos ella salió al porche.

–Vuelve a casa para la hora de cenar, y no comas porquerías –me dice.

No puedo creer lo que estoy oyendo.

–¿De verdad?

Me-me pone cara seria.

–Como tu madre se entere de esto...

Le abrazo la blanda cintura y pronuncio las mismas palabras que me metieron en todo este lío.

–Ella nunca lo sabrá.

Cuando llegamos, la playa ya está abarrotada, pero igualmente encontramos un buen sitio. Tío Dominic ha hecho un gran esfuerzo para parecer normal, y sé que lo ha hecho por mí. No lleva las zapatillas de andar por casa, sólo unos zapatos normales y el traje de baño.

No sé si es porque estamos fuera del barrio, pero parece un hombre diferente, como más feliz. Sale corriendo derecho hacia el océano, metiéndose de cabeza debajo de una ola grande y saliendo por el otro lado. Nos quedamos flotando entre las olas con todos los demás niños y padres que están de vacaciones. Algunos de los padres están como pasmados, como si no pudieran creer que están en la playa, peinando la arena con los pies, y no en la fábrica o en la oficina o donde sea.

–Cuidado con los tiburones –me dice Tío Dominic enseñándome los dientes. Tiene una de las paletas partida.

Nadamos hasta cansarnos y después salimos a tumbarnos en la arena para secarnos. Tío Dominic le compra una bolsa de cacahuetes a un vendedor ambulante. Unas jovencitas han estirado sus toallas al lado de las nuestras. Son guapas y están mirando a Tío Dominic como si fuera un caramelo remojado en agua salada.

Normalmente no pienso en Tío Dominic como en un soltero casadero, pero aquí en la playa, lejos de la trastienda del colmado, veo lo que ellas ven: tiene una sonrisa encantadora. En la playa parece un tipo normal, pero es lo mismo que un oasis en el desierto: un espejismo.

Oigo que las jovencitas lo están invitando a tomar algo con ellas en el paseo.

–Otra vez será –les dice–. Tengo una cita con aquí mi sobrina.

–Tu sobrina, qué tierno –cacarean las jovencitas.

Nos ponemos la ropa y nos dirigimos al paseo.

–¿Te apetece montar? –me pregunta con una sonrisita y yo le contesto con otra sonrisita.

Nos montamos primero en los coches de choque, mis preferidos. Luego están la noria, el gusano loco, el tiovivo y el látigo. Después nos sentamos en un banco del paseo a comer perritos calientes con chucrut y para bajarlos zumo de naranja natural, la más fría y deliciosa bebida del mundo entero. Tío Dominic me compra un mantecado de coco para comer por el camino y se me derrite en la boca.

Llevamos las ventanillas bajadas y a Bing Crosby cantando *Un día perfecto* en la radio. Al bajar por mi calle, me quedo mirando a Tío Dominic. Por un instante me imagino que él es mi padre y que ahí estamos los dos, volviendo a casa después de haber pasado el día en la playa. Lo que haría cualquier niño normal.

Nos bajamos delante de mi casa. El coche de mi madre todavía no está.

—Ha sido un día perfecto, ¿eh, princesa? —me pregunta, y se saca el pañuelo para limpiarme una mancha de mostaza que tengo en la mejilla.

Miro cómo se aleja su coche y no puedo evitar pensar que Bing y mi tío Dominic tienen razón.

Ha sido un día bastante perfecto.

Capítulo dieciséis
Así que el cielo es así

F rankie y yo estamos en el sótano de casa de Nonny.

Frankie sigue con toda la intención de encontrar el tesoro del abuelo Falucci, y tiene una nueva teoría de dónde puede estar escondido:

–¿Y si Tío Sally entendió mal? ¿Y si está enterrado «debajo del suelo» y no «en el suelo»? ¿Y si está en el sótano?

Así que ahora Frankie ha estado colándose aquí cada vez que ha tenido ocasión, lo cual no es muy a menudo porque Nonny casi siempre está cocinando. Pero esta mañana Frankie nos ha ofrecido voluntarios para hacer la colada para que Tío Paulie pudiera llevar a Nonny y a Tía Gina a la fábrica de Tío Nunzio a buscar abrigos nuevos. Tío Dominic se está echando una siesta en su coche, así que no hay moros en la costa.

Frankie está en la otra punta del sótano, tambaleándose en lo alto de una escalera temblorosa, examinando un ladrillo que hay cerca del techo mientras yo meto la ropa mojada en la escurridora.

–Parece como si estuviera un poco suelto –me dice, pero yo no le estoy prestando atención; tengo demasiadas cosas en la cabeza.

Esta mañana he tenido una discusión con Me-me. Estábamos sentadas a la mesa desayunando unos huevos revueltos con agüilla cuando me ha dicho que el señor Mulligan va a venir a cenar esta noche.

–¿Otra vez? –le he preguntado.

–Es un hombre agradable –ha dicho ella.

–Es un aburrido.

–Jovencita –ha dicho Me-me en tono abrupto.

–¿Se puede saber para qué lo necesitamos? –le he preguntado.

–Hace falta un hombre en la vida –ha dicho.

–Ya tenemos a Tío Dominic, a Tío Paulie, a Tío Ralphie y a...

–Tu madre necesita un marido –ha dicho ella llanamente–. Ha estado mucho tiempo sola. ¿Crees que le ha resultado fácil?

–Pero ¿por qué él? –le he preguntado–. Yo no quiero que él sea mi padre.

–Y como sigas así no dudes que lo va a ser –ha dicho en voz baja.

Desde la otra punta del sótano, Frankie suelta un largo silbido.

–Este ladrillo es de un color distinto de los demás, como si lo hubieran reemplazado o algo así.

–Me vendría bien un poco de ayuda –le digo bien alto–. Estoy aquí sola haciendo la colada.

–Venga, no protestes –me dice–. Cuando encontremos el botín puedes contratar a alguien para que lave la ropa.

–¿Pero eso no es robar? –le pregunto.

Frankie se vuelve y me mira con extrañeza.

–Si nadie lo sabe, no es robar. Además, ¿tú crees que Abuelo querría que todo ese dinero se desperdiciara estando aquí?

–Supongo que no –le digo.

Al meter una combinación mojada en la escurridora, empiezo a pensar en lo que va a pasar si mi madre se casa con el señor Mulligan. ¿Entonces qué? ¿Voy a tener que llamarlo *papi*?

A Madre ya la voy notando muy cambiada. Perdí la judía de la suerte en alguna parte de la casa y anoche me quedé buscándola hasta tarde. ¡Y ni siquiera me ayudó a buscar!

–¿Es que quieres que tenga mala suerte? –le pregunté.

–Eso no son más que supersticiones que no llevan a ningún lado, Penny –me dijo.

El grito de emoción de Frankie me saca de mi estupor.

–¡Por las barbas del profeta! –exclama–. ¡Penny! ¡Mira!

Me vuelvo para mirarlo mientras él saca una caja de puros de un agujero que hay en lo alto de la pared; una cascada de suciedad y cemento viejo le llueve sobre la cabeza. La abre y carraspea, tambaleándose en lo alto de la escalera. La caja sale volando por los aires y empiezan a salir billetes revoloteando como si fueran mariposas recién puestas en libertad. Debe de haber un millón de pavos, hay muchísimos por todas partes, y estoy pensando que debe de ser un milagro o algo así, cuando noto un tirón en los dedos.

Tengo el brazo derecho atascado y, cuando me vuelvo para mirar, veo que me lo he atrapado con la escurridora. Trato de pegar un alarido pero lo único que me sale es un resuello como los que solía dar Escarlata O'Hara cuando alguien le pisaba el rabo. No me puedo creer lo que ven mis ojos, porque es que no puedo. Quiero decir, esa cosa machacada que está atrapada en la escurridora no puede ser parte de mí porque, si lo fuera, digo yo que sentiría algo de dolor o algo. Y ahí es cuando me pega de golpe, el dolor, como un disparo, y me pongo a gritar y a gritar: «¡Frankie! ¡Frankie! ¡Frankie!», y él viene corriendo, con la cara blanca como la nieve. Se queda ahí parado, mirándome incrédulo.

La escurridora ha tirado de mi brazo hasta el sobaco y ahí se ha atascado, pero la escurridora todavía está en marcha, moliéndome el brazo, como cuando Tío Dominic hace carne picada de vaca.

–¡Párala! –vocifero.

Frankie vuelve al mundo real y saca el enchufe de la pared. Cuando para, siento una sacudida.

Durante un instante, los dos nos quedamos mirando el brazo cogido en la escurridora, y cuando miro a Frankie a los ojos tiene la misma cara que tenía aquella mañana que apareció en el jardín de casa. Ahí veo que la cosa está muy mal, que es terrible, es horroroso, es el final.

De golpe, el dolor se apodera de mí y empiezo a gritar en voz muy alta (nunca pensé que pudiera llegar a gritar tan fuerte) y lo que grito es: «¡Sácamelo de ahí! ¡Sácamelo de ahí!», y Frankie dice: «¡No pasa nada! ¡No pasa nada!», y se va corriendo para arriba, llamando a gritos a Tío Dominic.

Así pues, estoy sola en el sótano, con todo el suelo cubierto de dinero, y de repente todo se ralentiza de tal manera que toda mi vida, todo mi mundo se reduce a este momento, a esta escurridora, a este brazo que antes era un brazo y ahora no me lo imagino sujetando una judía de la suerte, ni un bate de béisbol, ni un cucurucho de helado ni nada de nada, ya nunca más.

Frankie vuelve corriendo con Tío Dominic y me sacan el brazo de la escurridora, pero para cuando lo han conseguido ya me he desgañitado, ya lo he gritado todo y lo único que puedo hacer es gemir desde lo más hondo de mi garganta. Cuando Tío Dominic me coge en brazos para llevarme arriba, otra sacudida repentina me hace vomitar los huevos revueltos del desayuno, y entonces me desmayo por un momento.

Abro los ojos de golpe y Tío Dominic está inclinado hacia mí, yo estoy tumbada a lo largo del asiento delantero de su coche con el ruido de las ruedas bajo mi cabeza. Tengo el brazo vendado con lo que parece ser un mantel de encaje blanco del comedor, y entonces me doy cuenta de que todo lo rojo que veo en él es sangre mía.

–Espera, princesa. Ya casi hemos llegado al hospital –dice Tío Dominic apurado.

Pero le cambia la cara y ya no es Tío Dominic; la cara que me está mirando es más joven, la mandíbula más afilada y los ojos más oscuros.

–Penny de mi corazón –me dice mi padre inclinándose hacia mí, tocándome la frente con una mano suave como la de un ángel–. *Cocca di papà*.

Y ahí es cuando sé que me estoy muriendo.

Lo bueno que tiene morirme, decido, es que por fin voy a conocer a mi padre. Él me va a estar esperando, me harán un desfile de ésos con confeti y habrá helado de nueces de pecán. Ya estoy viendo a Escarlata O'Hara ladrando por todas partes, tratando de morderme los tobillos y haciéndose pipí en todas las nubes. Iremos a darnos un buen baño en la piscina grande y puede que después veamos una película. Luego asistiremos a un partido de los Dodgers.

Pero, al abrir los ojos, no veo ni helado ni confeti. Sólo siento un terrible entumecimiento en el lado derecho de mi cuerpo y un sonido como de multitud, como si estuviera en medio de una pelea de boxeo. Sólo me falta ver a un tipo vendiendo cacahuetes y aceptando apuestas.

Sólo que la voz que más suena es la de mi madre.

–¡Se supone que la tenías que vigilar! –está gritando–. ¡Se supone que la tenías que vigilar!

Oigo la voz de Tío Nunzio, la misma voz reposada que utiliza cuando habla con sus clientes.

–Ellie –le dice–, ha sido un accidente. No ha sido culpa de Dominic...

–¡No me hables de accidentes! –ruge ella con voz fiera–. ¡Primero mató a Freddy y ahora casi mata a mi hija!

–Ellie, no –le ruega Tío Paulie–. Por favor, no.

Abro los ojos para ver la habitación abarrotada de gente: parece que todo el mundo está aquí. Están Frankie, Tío Paulie y Tía Gina, Tío Nunzio y Tía Rosa, Me-me y Pop-pop y Nonny. En el centro de la habitación están mi madre y Tío Dominic, de pie uno frente al otro como dos boxeadores en el ring.

–Ellie –le dice Tío Dominic con la voz entrecortada.

Pero se ve que mi madre ya no aguanta más, y da dos pasos hasta ponerse justo delante de él y le da una bofetada. Le da una bofetada tan fuerte que estoy segura de que la han oído en la ciudad de Nueva York.

Toda la habitación pega un respingo, y Madre vuelve a levantar la mano.

Tío Dominic se queda pálido, como si le hubieran dado un golpe bajo, pero no dice nada; se queda ahí de pie, esperando a recibir la siguiente. Tiene muy mal aspecto. Tiene cercos de sudor en la camisa y también manchas de mi sangre, y yo no puedo soportar verlo así, como si desease estar muerto y mi madre fuera su verdugo. Las dos personas a las que más quiero están ahí de pie, odiándose la una a la otra.

–Basta –digo. Me sale como un graznido.

Mi madre se da la vuelta, con la cara blanca, y en dos pasos llega a mi lado. Me pone la mano en la frente diciendo: «Mi niña, mi niña».

Detrás de ella veo a Tío Dominic que cierra los ojos y a Tío Nunzio que se pone a echar a todo el mundo para fuera.

–Salgamos todos –dice Tío Nunzio.

Cuando nos quedamos solos Madre, Me-me, Pop-pop y yo, entra el médico.

–Soy el doctor Goldstein –dice.

El doctor Goldstein se parece un poco a Gregory Peck, sólo que lleva una bata blanca y un estetoscopio. Tiene un buen aspecto propio de una estrella de cine: el pelo engominado hacia atrás, la sonrisa brillante. Parece demasiado guapo para ser médico, y las primeras palabras que salen de mi boca son:

–¿Es usted médico?

Él se ríe complacido.

–Eso es lo que le gusta pensar a mi madre.

No puedo evitar devolverle la sonrisa, pero es un verdadero esfuerzo, porque me siento como de plomo, y muy aturdida.

–¿Te duele algo? –me pregunta.

–No siento nada –le digo, y ahí es cuando me doy cuenta de que tengo el brazo derecho envuelto con gruesas vendas, colocado sobre una almohada apuntalada en curiosa postura.

Él asiente.

–¿Puedes mover los dedos?

Me miro la mano y veo algo parecido a unos dedos que sobresalen de las vendas. Pero trato de moverlos y se quedan ahí quietecitos.

–¿Por qué no se mueven? –le pregunto.

Me quedo esperando a que diga que todo va a ir bien pero, en vez de eso, menea la cabeza y dice:

–Estas heridas de escurridora son difíciles de tratar. Tu brazo está gravemente herido.

Mi madre gime como si fuera suyo el brazo del que se está hablando.

–¿Qué le va a pasar a mi brazo? –susurro.

–Tendremos que esperar y ver lo que pasa –dice él.

–Dígamelo –le digo–. Tiene que decírmelo.

–Hazle caso al doctor, Penny –me dice Me-me tratando de aparentar tranquilidad, pero le tiembla la voz–. Esperemos a ver qué pasa.

–Por favor –le suplico.

El doctor Goldstein estudia mi cara y me dice:

–Los nervios que pasan por el hombro han resultado dañados –y hace una pausa–. Esperamos que se recuperen.

–¿Y qué pasa si no se recuperan? –le pregunto.

–Aún es pronto para saberlo –me dice.

–¿Qué pasa si no se recuperan? ¿Qué pasa si no se recuperan? –inquiero levantando el tono de voz.

–Entonces puede que el brazo quede inútil –dice el médico amablemente–. Lo siento mucho.

Mi madre se echa a llorar, a llorar tan fuerte que entra una enfermera y la obliga a sentarse. Me-me se ha llevado una mano a la boca y le caen lágrimas por las mejillas acartonadas. Incluso Pop-pop, que siempre tiene algo que decir, abre la boca pero no le sale nada; se queda boqueando como un pez fuera del agua.

¿Y yo?

Yo cierro los ojos, y el mundo entero desaparece.

Capítulo diecisiete
Tontos y con mala suerte

P asar las vacaciones de verano en el hospital se está empezando a convertir en una mala costumbre. Una de las enfermeras que estaba aquí el año pasado, cuando me internaron por la quemadura de la espalda, se acordaba de mí.

–El verano que viene trata de pasarlo en la playa –me sugirió.

Ja, ja. Qué chistosa.

Estoy en la planta de pediatría, donde están los demás niños. La mayoría de ellos se reparte en dos categorías: los tontos y los que tienen mala suerte.

En la de los tontos se incluye un niño que estaba molestando a un perro, al perro no le gustó y le arrancó media oreja de un mordisco, llevándose también un buen trozo de uno de los dos brazos. Otro niño cabeza hueca se quemó con un cámping-gas cuando estaba de acampada con los Boy Scouts, lo cual ya demuestra que los Boy Scouts no saben tanto como dicen que saben. El más tonto de todos es un niño alérgico a la hiedra venenosa que pensó que quemar hiedra con hojas secas en el jardín de su casa no contaba. Tiene los ojos todos hinchados y está cubierto de la cabeza a los pies de ampollas purulentas. Está tan mal que tiene ampollas hasta en la boca. Nunca he visto una cosa igual. Tiene un aspecto propio de una película de miedo. *¡El niño de la hiedra venenosa!*

La de la mala suerte es una niñita que se pasa el día rodeada de enfermeras. Tiene un cáncer en la sangre y las enfermeras murmuran que *se va a morir.*

Y luego estoy yo. Tonta y con mala suerte.

El hospital es como un barrio cualquiera y, al cabo de un tiempo, conozco a los médicos y a las enfermeras y hasta a los camilleros. Me caen mejor las enfermeras que los médicos; pasan tiempo con los pacientes, hablan con ellos, les dan de comer, les cambian las sábanas, les ayudan a ir al cuarto de baño, porque eso, creedme, es una cosa difícil de hacer si se dispone de un solo brazo para bajar de la cama. Yo soy diestra y ahora no puedo hacer nada. Las cosas cotidianas son las que más echo de menos, como lavarme los dientes, cortar la comida que me llevo a la boca o, incluso, cepillarme este pelo tan horrible. Hasta ahora nunca supe la importancia que puede llegar a tener un brazo.

El doctor Gregory Peck es bastante amable y nuestro médico de cabecera, el doctor Lathrop, pasa a ver cómo estoy cada pocos días, pero no me gustan los otros médicos. No me extraña que mi madre dejara el trabajo de enfermera. Todas las mañanas viene un lote entero de médicos y me despiertan, me dan tirones, me pinchan y hablan de mí como si yo ni siquiera estuviera ahí. Dicen cosas del tipo de: «La paciente manifiesta no tener sensaciones por debajo del plexo braquial» y se ponen a hablar en ese idioma que usan. Una mañana estaba tan harta que les interrumpí y les dije: «¡*La paciente* tiene que ir al cuarto de baño ahora mismo!». Y salieron de aquí en un periquete.

Recibo un montón de visitas. Mi madre pasa todas las mañanas y, cuando se va, aparecen Me-me y Pop-pop. La familia de mi padre viene de visita por las tardes. Luego vuelve mi madre después del trabajo. Supongo que es un horario de visitas pactado de antemano para evitar la Tercera Guerra Mundial.

Mis tíos me traen regalos, como siempre. Tío Nunzio me trae unas zapatillas de andar por casa de seda con ribete de piel de conejo y una bata a juego. Tío Ralphie me trae una caja de galletas de nueces de pecán y Tío Paulie me trae unos tebeos de *Archie*, que no es que me apasionen, pero mejor eso que nada. Lo único que ocurre en ellos es que Betty y Verónica se pasan el día intentando quedar con los imbéciles de Archie y Reggie. Mi mayor regalo es una radio que me trae Tío Sally para que no me pierda ni uno solo de los partidos. Me visitan todos los tíos, excepto Tío Dominic, que es al que más ganas tengo de ver. Tal vez le da miedo venir al hospital después de lo que pasó con mi madre.

Frankie puede venir a visitarme cuando quiera, aunque se haya terminado el horario de visitas. Las enfermeras piensan que es un encanto porque les regaló un gran ramo de flores. Rosas rojas.

–¿De dónde las has sacado? –le pregunto.

–Se las he robado a una señora muerta del piso de arriba –me cuenta.

–¿Le has robado las flores a una señora muerta?

–No parecía que las fuera a necesitar –dice y me mira el brazo–. Supongo que voy a tener que buscarme a otra para interceptar las bolas.

–Frankie –le digo.

–Perdona. Oye, tampoco es tan grave. ¡Ahora ya podemos colarnos sin pagar en los partidos! –me dice con una risilla–. ¡Espera a que el policía te vea ese brazo! ¡Lo tuyo es mejor que lo de aquel chaval lisiado!

Me limito a menear la cabeza.

–¿Qué pasó con todo el dinero del sótano de Nonny? ¿Con el tesoro de Abuelo?

Frankie se pone triste.

–Tío Nunzio dice que servirá para pagar la cuenta del hospital.

–Va a ser un pedazo de cuenta –le digo.

No está tan mal, una vez que ha pasado la parte más aburrida. Tengo un horario bastante apretado. Siempre viene alguien a despertarme para tomarme la temperatura, para cambiarme las vendas del brazo, para cambiarme las sábanas o para darme el almuerzo, así que al final del día estoy agotada, y lo único que he hecho ha sido estar tumbada en la cama.

Los otros niños son majos: tampoco me voy poner muy exigente. Estamos todos en el mismo barco. Desde que tengo la radio, soy bastante famosa. Las enfermeras traen en sillas de ruedas a los niños, los colocan alrededor de mi cama y escuchamos los programas. Incluso dejan que la niñita con cáncer salga de su cama. La traen en una silla de ruedas, pero no dejan que el niño de la hiedra venenosa se le siente cerca. Nos gusta escuchar *La sombra* y *El llanero solitario*. En cierto modo, oír voces conocidas hace que las cosas no parezcan tan malas. Somos como una familia más. Discutimos para decidir qué programas escuchamos, y si alguien habla, le decimos que se calle.

Cuando estamos todos riéndonos y gritando, casi se me olvida dónde estoy.

–¿Qué tal te encuentras? –me pregunta mi madre al llegar por la mañana.

Lo que en realidad me está preguntando es si puedo mover el brazo, porque el doctor Goldstein ha dicho que si no lo muevo durante las próximas semanas, es probable que ya no lo vaya a mover nunca más. Simplemente se quedará ahí colgando durante el resto de mi vida, como un salchichón. Pero todos los días trato de mover los dedos y no pasa nada. Hay días que no me parece ni que sean parte de mí.

–Igual –le digo–. Supongo que ya no vamos a ir al Lago George.

–No, no vamos a ir –me confirma–. He hablado con Tía Francine y me ha dicho que Lou Ellen se disgustó mucho al enterarse de que no vas a ir a verla.

Ya me imagino que se disgustó. Ahora tendrá que buscarse a otra para torturarla.

Me coloca una lata en la mesita que tengo al lado.

–Son galletas de avena y pasas hechas por Me-me. Las podrías compartir con los otros niños.

–Madre, los otros niños están tratando de ponerse bien, no de empeorar.

Me echa una sonrisa reticente. A pesar de que la paciente soy yo, me paso casi todo el tiempo tratando de hacer que Madre se sienta mejor.

–¿Encontrasteis la judía de la suerte? –le pregunto.

Mi madre asiente con la cabeza, abre su bolso y coloca la judía encima de la sábana.

–Casi tuvimos que echar la casa abajo para encontrarla –me dice.

La cojo con mi mano buena y le doy un buen apretón. Tengo la impresión de que ahora necesito toda la suerte del mundo.

Cuando se va mi madre, llegan Me-me y Pop-pop. Me-me va de un lado para otro ordenando mis cosas, poniéndome agua en el vaso, cepillándome el pelo. Mientras, Pop-pop se mueve torpemente por la habitación quejándose de todos los defectos que encuentra. Le habla a cualquiera que le escuche: a los médicos, a las enfermeras, a cualquiera.

–¿Sabes lo que te digo? –me dice bien alto–. Deberías estar en una habitación para ti sola.

–Son sólo para los niños que están enfermos de verdad –le digo.

–¿Cómo? ¡Tú estás enferma! ¡Mira cómo tienes el brazo! ¿Es que eso no cuenta? ¿Es que hace falta que tengas la peste?

Yo suspiro y Pop-pop toma asiento en la butaca que hay junto a mi cama. A continuación, se pone a repasar toda la lista de heridos que vio durante la guerra.

–Sabes, cuando estuve en Europa vi cosas que harían que las tripas se te pusieran del revés –me dice.

Yo bostezo.

–Había un tipo al que una bomba le arrancó todos los dedos de cuajo. ¿Qué te parece?

El chaval al que lo había mordido un perro le dice:

–Oiga y, si no le quedó ningún dedo, ¿cómo se hurgaba la nariz?

Pop-pop lo mira con el ceño fruncido.

–Ni que decir tiene que no podía hurgarse la nariz. Pero no estaba ni la mitad de mal que aquel otro que se agarró unos hongos y se le empezó a caer la piel a tiras.

El niño de la hiedra venenosa se sube más la sábana.

–Ya está bien de historias macabras –le dice Me-me a Pop-pop–. Vete a darte una vuelta.

–¿Qué? –dice él–. ¿Qué?

–Te digo que dejes de asustar a Penny con esas historias horribles –le dice ella bien alto.

–Historias reales, eso es lo que son –protesta, pero se va cojeando con el bastón.

–Toma –me dice Me-me poniéndome un plato delante–. Te he traído pastel de carne.

La comida del hospital es bastante desagradable, pero la de Me-me se lleva la palma.

–Las enfermeras se enfadarían muchísimo –le miento, tratando de parecer seria.

–Nunca he oído nada semejante –me dice–. ¿Rechazar una comida tan nutritiva?

–Sólo me dejan comer lo que me ponen en la bandeja. Órdenes del doctor.

Frunce los labios y se va a hablar con las enfermeras. Al cabo de un ratito vuelve con cara de satisfacción.

–Bueno, ya no tenemos que preocuparnos más de las órdenes de esos médicos tan pesados –me dice Me-me con una amplia sonrisa–. Esa enfermera tan simpática dice que puedes comer cualquier cosa que yo te traiga.

Suelto un gruñido sin poder contenerme.

–Penny, cariño, ¿te duele el brazo? –me pregunta Me-me.

–Muchísimo –le digo.

Por no hablar de lo que me duele el estómago.

Después del almuerzo, Me-me y Pop-pop se van y empieza a llegar la familia de mi padre.

El primero es Tío Paulie. Viene con Tía Gina y con Nonny quien, por supuesto, rompe a llorar en cuanto me ve.

–Hola, Nonny –le digo.

–¿Qué tal va eso, muñeca? –me pregunta Tía Gina.

–Pues, mira, aún sigo viva –le digo.

Tío Paulie me dice:

–Tienes muy buena cara –que es lo que me dice siempre–. ¿Verdad que tiene muy buena cara, Gina?

Tía Gina me sonríe.

–Estaba pensando que a lo mejor podríamos ir a la ciudad de Nueva York a ver un espectáculo en Radio City cuando salgas de esta coyuntura.

–¿De verdad? –le pregunto.

Ella me guiña un ojo.

–Claro, muñeca. Creo que, después de esto, te mereces un poco de diversión.

Tío Nunzio y Tía Rosa aparecen después, y luego llegan Tío Sally y Tío Ralphie. Es duro estar en el hospital. Nunca imaginé que implicara tener que hacer tanta vida social.

Todos los que vienen a visitarme quieren saber qué tal me encuentro, si la comida está buena, si la cama es cómoda. Nadie llega y se pone directamente a hablar de lo del brazo, a pesar de que es difícil de pasar por alto, más o menos como lo de que Tío Dominic viva en su coche.

Salvo Frankie, por supuesto. Él habla de mi brazo todo el tiempo.

–¿Te van a cortar el brazo si ya no lo puedes volver a usar? –me pregunta–. Ya sabes, ¿te lo van a amputar?

–¿Cómo quieres que lo sepa? –le digo–. A mí nadie me cuenta nada.

–¿Por qué no se lo preguntas al doctor?

–Pregúntaselo tú –le digo.

Frankie se va derecho al doctor Goldstein.

–Dígame, ¿le va a cortar el brazo a Penny si no se le pone mejor? –le pregunta.

–¿Para qué lo quieres saber, jovencito?

Frankie baja la voz y le dice:

–Es que mi tío tiene una carnicería y los brazos frescos se pagan muy bien.

El doctor Goldstein le agarra a Frankie un brazo y lo examina.

–En ese caso, seguro que por este especimen te pueden dar algo. Creo que ya tenemos preparado un quirófano.

–¡Oiga! –dice Frankie apartando su brazo rápidamente–, ¿dónde le han dado a usted el título?

El doctor Goldstein me guiña un ojo y yo me río.

Cuando Frankie se ha marchado me traen la cena, luego Madre pasa a verme y luego ya es hora de apagar las luces. La enfermera simpática, la de la amplia sonrisa, la señorita Simkins, viene a asegurarse de que estamos todos bien. A todos los niños de pediatría nos cae mejor ella que la señorita Lombardo, que nos resulta un poco fría.

Ésa es la parte más repugnante del día. Cuando la zona de pediatría brilla iluminada por el sol, las enfermeras van de un lado al otro, unas visitas llegan y otras se van, es fácil ser valiente y pensar que al fin y al cabo las cosas se van a arreglar. Por la noche es más duro, cuando todo queda a oscuras y en silencio. Echo de menos mi casa. Echo de menos la voz de Madre y los eructos de Pop-pop, y casi echo de menos la comida que hace Me-me. Hasta echo de menos las goteras del retrete sobre mi cama.

–¿Todavía estás despierta, Penny? –me susurra el niño de la cama de al lado. Es ese al que le mordió el perro. Se llama Jonathan.

–Sí –le digo–. Me pica la espalda y no me puedo rascar.

–No soporto estar aquí –me dice–. La comida es horrible.

–Pues no has probado la de mi casa –le digo.

–Yo tampoco soporto estar aquí –susurra otro niño que está un poco más allá.

–¡Ni yo! –dice otro.

Al cabo de un rato estamos todos quejándonos de ese lugar, como si pudiéramos hacer algo al respecto. A lo mejor podríamos formar un club: Los Niños Tontos y con Mala Suerte.

Me quedo ahí tumbada pensando en todas las cosas que quizá no pueda volver a hacer. Nunca podré conducir un coche, ni rodear con los brazos el torso de Jack Teitelzweig mientras me susurra al oído que soy la chica más guapa de la fiesta, cosa que tampoco seré. Seré la chica que las madres usan para advertir a sus hijos, la tonta que no tenía sentido común. Como un personaje de uno de los tebeos de Frankie.

La Chica de Un Solo Brazo.

–Lo siento mucho, Penny –dice mi médico de cine–. Pero no hay manera de evitarlo.

Los médicos han estado esperando a ver si la piel del sobaco se me ponía mejor. Pero la escurridora me la trituró con bastante eficacia y ahora dicen que me tienen que hacer un implante, lo cual conlleva una operación. Los médicos me van a coger un trozo de piel del muslo y me lo van a poner debajo del brazo. Me suena fatal. Madre tampoco está muy contenta al respecto, pero a Frankie casi se le salen los ojos de las órbitas cuando se lo cuento.

–¡Por los clavos de Cristo! –dice–. ¿Te van a cortar un cacho de piel y te la van a coser en el sobaco?

–Eso dicen –le digo.

–¡Vas a parecer Frankenstein!

–Muchas gracias, Frankie –le digo.

–¡Qué va, si es fabuloso! –me dice–. Voy corriendo a buscar la cámara.

–¿Para qué?

Me mira como si fuera estúpida.

–¡Para sacar fotos, claro! ¡La gente paga por ver ese tipo de cosas truculentas!

A la mañana siguiente, cuando vienen a buscarme para someterme a la operación, me siento bastante asustada. ¿Qué pasa si acabo como Cora Lamb, con mi madre yendo a visitarme al cementerio? ¿Y si me muero? ¿Entonces qué?

Madre me da un beso en la frente.

–Te quiero mucho, Gazapito –me dice.

–Voy a cuidar bien de ella, Eleanor –le dice el doctor Goldstein a mi madre mientras me sacan de la habitación en una silla de ruedas.

En el quirófano hay una actividad frenética. Miro para arriba desde la mesa de operaciones y veo a mi médico de cine que está mirándome.

–¿Sabías, Penny, que tu madre y yo empezamos a trabajar en este hospital al mismo tiempo? –me pregunta el doctor Goldstein.

–Madre me lo había contado –le digo–. ¿Conoció usted a mi padre?

Cavila y me dice:

–No. Pero tu madre era mi enfermera preferida –me guiña un ojo–. No me hacía caso en nada de lo que le decía, pero siempre se reía con mis chistes.

–Cuénteme alguno –le digo.

–¿Qué harías para que la sangre deje de correr? –me pregunta el doctor Goldstein.

–No lo sé. ¿Qué?

–Ponerle la zancadilla –me dice y suelta una risilla.

Sonrío con dificultad.

–Los suyos son mejores que los de Pop-pop.

–Te contaré otro cuando te despiertes.

Entonces, otro médico distinto me pone una mascarilla en la boca y me dice:

–Respira hondo.

Lo último que recuerdo es la voz de Frankie y a un médico que le dice: «Por mí como si eres el presidente de Estados Unidos, chaval. Aquí no se pueden hacer fotos. ¡Y ahora largo de aquí!».

Capítulo dieciocho
La última persona en el mundo

Soy consciente de que, llegado el momento, a la gente le gusta una buena tragedia.

Como la muerte de mi padre. Un día estaba escribiendo para un periódico, comiendo el pollo asado que hace mi madre, y al día siguiente se pone malo. Se muere, lo entierran y todo el mundo se pone muy triste.

Pero conmigo ya no saben qué hacer. La operación fue un éxito, pero el brazo sigue sin moverse. Mis visitas siempre parece que no sepan qué cara poner. Está bastante claro que no me voy a morir, pero no saben hasta qué punto deben lamentarse. A fin de cuentas, no se puede hacer un funeral por un brazo muerto, ni llevarle flores a La Arboleda Sombría.

Todos los niños que había aquí cuando yo llegué ya se han ido, salvo la niñita del cáncer, que está aguantando más de lo que nadie habría pensado. Nos enteramos de que hay un chico nuevo en aislamiento que tiene la polio. Las enfermeras hablan de él, de que lo han conectado a un pulmón artificial. Incluso están diciendo que su madre cree que se contagió en la piscina.

Cuando Frankie viene de visita, nos ponemos a jugar a la brisca.

Me está empezando a entrar mal humor. Estoy harta de este lugar. Pero eso no es lo único que me fastidia. Sigo esperando que aparezca Tío Dominic, y no aparece. No ha venido a visitarme ni una sola vez desde que estoy aquí. Hasta algunas niñas de la escuela con las que no me hablo me han mandado una tarjeta.

—Deja de perder a propósito —le digo después de ganar la cuarta mano seguida.

—¿Cómo? —dice Frankie con carita de ángel.

—¿Por qué no viene Tío Dominic a visitarme? —le pregunto—. ¿Se encuentra bien?

—Ni idea.

—Frankie —le digo.

Él levanta las manos.

—Te lo juro. Nadie sabe dónde se ha metido. Ha desaparecido. Cogió su coche y nadie lo ha vuelto a ver desde el día que tuviste el accidente.

—Tienes que averiguar adónde ha ido —le digo.

Cuando a la mañana siguiente llega Frankie, trae una sonrisa triunfal.

—Hice lo que me pediste —anuncia.

—¿Y bien? —le interrogo.

—Está en Florida —me dice.

–¿En Florida?

–Creo que ahora es un asesino despiadado –dice Frankie.

–¿De qué estás hablando? –le pregunto.

Frankie baja el tono de voz.

–Eso lo explica todo. Ya sabes, lo de que viva en su coche y todo eso. Los asesinos no pueden tener una dirección fija.

–¿De dónde has sacado eso?

–De por ahí.

–Frankie, tienes que dejar de leer esos tebeos de asesinatos –le digo.

Se va y me quedo tumbada en la cama, sujetando la judía de la suerte con mi mano buena, tratando de imaginarme a Tío Dominic en la playa de Florida, mirando al océano. Por más vueltas que le dé, no llego a entenderlo.

¿Cómo puede una de las personas más importantes de mi vida desaparecer como si nunca hubiera formado parte de ella?

Mi madre está en el pasillo hablando con los médicos.

Mi médico Gregory Peck dice algo y a ella se le bajan los hombros. Ella no me dice ni una sola palabra cuando se acerca hasta mi cama, pero se lo noto en la mirada. Parece que está tratando de aguantarse las lágrimas. Ahí es cuando me entero de que no hay nada que hacer, de que nunca se me va a recuperar el brazo.

Y ya está.

–Te puedes quedar con mi bici –le digo a Frankie más tarde cuando viene a verme.

–¿Puedo? –me pregunta ilusionado. Pero entonces se da cuenta de que eso no tiene sentido. Me mira con suspicacia.

–¡Qué va! –me dice–. ¿Se puede saber para qué quiero yo una bici de niña? Verás cómo dentro de nada vas a estar dando vueltas con ella.

Dejo de mirarlo a él, y miro por la ventana.

–Venga –me dice cogiendo el postre de la bandeja de mi almuerzo y empezando a comérselo–. Basta ya de ñoñerías.

Frankie se come el resto de mi almuerzo y trata de hacerme reír con un chiste muy tonto que le han contado, pero no lo consigue, se da por vencido y se va.

–¿Te encuentras bien, cariño? –me pregunta la señorita Simkins poniéndome la mano en la frente.

–¿Me puede traer un calmante, por favor?

–Claro, cariño –me dice amablemente–. Ahora mismo vuelvo.

Cuando el mareíllo me llega a la sangre, cierro los ojos y me aíslo de los sonidos de la planta. Me imagino que soy otra persona, otra chica con una vida normal, que puede utilizar los dos brazos.

La chica que yo era antes.

Me ponen la cama de la niñita con cáncer al lado de la mía para que ella pueda tener una amiga. Es justo lo que me hacía falta, ver cómo se muere un día de estos.

Sólo tiene ocho años y se llama Gwendolyn, pero me dice que la llame Gwennie. Gwennie tiene una muñeca de mirada triste y medio calva a la que llama Annabelle, y que está enferma como ella.

–Tienes una familia muy grande –me dice una tarde al marcharse un pelotón de tíos míos. A ella sólo la visitan su madre y su padre.

–Sí.

–¿Eres italiana? –me pregunta.

–A medias –le digo.

–A mí me gusta la pizza –me dice–. Pero mi madre dice que sólo la podemos comer en ocasiones especiales.

Después de oír eso, le doy toda la comida que me trae la familia. Y para estar al borde de la muerte, tiene un apetito de lo más saludable.

–Cuando salgas de aquí, deberías pasar por la casa de mi Nonny. Le ibas a caer muy bien –le digo.

–¿Y eso?

–Porque te gusta mucho comer –le digo.

–No voy a salir de aquí –me dice Gwennie.

No le digo nada a eso.

–El brazo –me pregunta–. ¿Lo vas a poder volver a utilizar?

¿Para qué la voy a engañar?

–No –le digo.

Se muere dos días más tarde.

Devuelvo las bandejas de comida sin haberlas tocado. La enfermera le dice algo a mi madre.

–Gazapito –me dice mi madre–, tienes que comer algo.

–No tengo hambre –le digo.

Parece que todo el mundo y unos cuantos más empiezan a aparecer con comida. Me-me trae cazuela de atún, Madre trae pollo asado y Frankie viene de paso con una bolsa de rosquillas recién hechas. Tía Gina trae macarrones, Tío Ralphie trae golosinas del colmado, Tío Paulie me trae un solomillo de ternera y Tío Sally trae una caja de *sfogliatelle*, pero yo no toco nada de lo que han traído. Simplemente, no soy capaz.

Nonny aparece por la puerta al día siguiente, justo antes de la cena. Lleva puesto un vestido negro y trae un plato de *pastiera*. Se sienta en la silla que hay junto a mi cama y parece un ángel negro en contraste con el blanco del hospital.

–*Cocca mia* –me dice–, come.

Hay algo en su voz que me lleva a abrir la boca y, antes de que pueda cerrarla, me mete un trozo de *pastiera* como si yo fuera un bebé. Y está tan rica como si fuera lo mejor que hubiera comido en toda mi vida. Me da otro pedazo y yo sigo esperando que rompa a llorar, pero solamente me mira con unos ojos tan tristes que yo no sé qué es lo que pasa pero las lágrimas me empiezan a rodar por las mejillas y, una vez que he empezado, parece que no puedo parar. Y al poco rato estoy llorando por todo: por mi brazo, por Escarlata O'Hara, por Gwennie, por Tío Dominic, por mi pobre padre, por el gran desastre en el que se ha convertido mi vida. Berreo tan fuerte que da la impresión de que se van a desbordar los ríos y las casas van a salir flotando.

Lloro, lloro y lloro, y Nonny me abraza fuerte, y sus dos robustos brazos son lo único que impide que me ahogue en mi desgracia.

Miro por la ventana.

–Penny –me dice la señorita Simkins–, tienes visita.

El señor Mulligan está de pie en la puerta con un periódico enrollado debajo de un brazo y una bolsa de papel en la otra mano. Es la última persona del mundo que habría esperado ver aquí, especialmente después de cómo me comporté.

No parece estar pensando nada raro, porque arrastra una silla hasta ponerla al lado de mi cama y saca un bote de helado de la bolsa de papel.

–He oído que te gustan las nueces de pecán –me dice.

–Voy a buscar unos cuencos y unas cucharas –dice la señorita Simkins con una sonrisa.

El señor Mulligan no es como ninguna de las otras visitas. No le interesa saber cómo me siento ni si he intentado mover el brazo ese día. No me pregunta si quiero algo de comer o de beber. Simplemente abre el periódico y empieza a leerme en voz alta la sección de deportes. Tiene la voz grave y pausada.

–Los Dodgers de Brooklyn...

Cierro los ojos y escucho.

El señor Mulligan viene todos los días al terminar los repartos de la leche y me lee el periódico desde la portada hasta la contraportada.

Empezamos por la sección de deportes, luego seguimos con las noticias locales y luego con las esquelas, que son más interesantes de lo que puede parecer. Después pasamos a las tiras de humor. El señor Mulligan pone todo tipo de voces tontas para representar a los personajes. Le sale muy bien *Blondie y Dagwood*. Nuestra sección preferida es la de sucesos. Sólo durante la semana pasada, ha habido un robo de bicicleta, se ha perdido una mascota y la señora Agnes Sloff informa que ha visto a un hombre «poco corriente» husmeando a través de la ventana de su casa. Los dos estamos de acuerdo en que el jefe de policía no debe de dar abasto con los delincuentes locales.

El señor Mulligan es un tipo interesante. Antes de ser lechero había estado en las fuerzas aéreas y lo destinaron en Birmania durante la guerra. Dice que lo peor llegó cuando la guerra terminó.

–Tardamos casi un año en volver a casa –dice.

–¿Un año entero? –digo yo.

–Y ni siquiera nos consiguieron un avión para volver. ¿Te lo puedes creer? Tuvimos que volver en barco, y eso nos llevó treinta y tres días. Los japoneses habían puesto un montón de minas flotantes en el océano para hundir barcos americanos y tuvimos que ir sorteándolas para volver a casa.

–¿Cómo lo lograron? –le digo

–Había rastreadores de minas. Ellos apartaban las minas para que pudieran pasar los barcos.

–Suena muy peligroso –le digo.

–Una vez, yo me había ido abajo a dormir, y supongo que el capitán pensó que habíamos pasado ya las minas y, de repente, oigo a todo el mundo gritando. Subo corriendo a la cubierta a ver qué estaba pasando. ¡Resulta que a los rastreadores se les había escapado aquella mina, y venía flotando hacia nosotros!

–¿De verdad? ¿Directa hacia el barco?

Él asiente.

–Todos los chicos de cubierta se pusieron a disparar a la mina, pero estaban tan nerviosos y tan agitados que no le acertaban.

–¿Y qué pasó?

–Bueno, pues llegó un soldado de la armada corriendo con su pistola, se quedó ahí quieto apuntando a la mina con toda la sangre fría del mundo y, de un solo disparo, ¡*pum*! Le dio de lleno.

–¡Virgen santa! –exclamo.

–Lo cual demuestra que siempre conviene tener cerca a un soldado de la armada –me dice, y suelta una risita ahogada.

–Tomo nota de eso –le digo.

Me quedo mirando al señor Mulligan, con su calva incipiente y sus ojos bondadosos.

–Me alegro de que hubiera un soldado de la armada en su barco –le digo.

–Y yo –dice él, y sonríe.

Capítulo diecinueve
La bomba

Es tarde. Tengo los ojos cerrados y estoy intentando dormir, pero no puedo.

La escuela ya ha empezado, y nunca pensé que lo diría, pero la echo de menos. Echo de menos los pasillos, los profesores, los deberes, e incluso a la desagradable Verónica Goodman de siempre. Daría mi brazo derecho por estar ya de vuelta en la escuela, ja, ja.

Todo está a oscuras salvo la luz del puesto de las enfermeras. Casi todas las noches, los camilleros y las enfermeras se quedan ahí jugando a los naipes y charlando. Uno de los camilleros, un tipo llamado Harvey, está coqueteando con la señorita Simkins. Sus voces apagadas se filtran hasta aquí.

—¿Por qué pierdes el tiempo con ese médico? —le pregunta Harvey.

La señorita Simkins se ríe.

–¿Quién dice que esté perdiendo el tiempo?

–Venga –le dice Harvey–. Si fuera yo, te iba a tratar como a una reina.

–¿Ah, sí? –dice ella.

–Sí –dice él–. ¿Qué te parece?

Ella no dice nada.

–¿Qué tal va la niña del brazo? –le pregunta Harvey.

La señorita Simkins chasquea la lengua.

–Pobre chiquilla –dice él–. Jimmy me ha contado que su padre fue el que tuvo el problema aquel. Entonces, ¿tú conoces a su madre?

–Fue antes de que yo llegara. Pero Sheila ya estaba aquí.

–Entonces, ¿él era un espía de verdad?

Me siento como si me hubieran pegado un puñetazo tan fuerte en el estómago que no sé si algún día recuperaré el aliento.

–Debía de serlo –dice ella–. Se lo llevaron preso, ¿no?

–No te sabría decir. Pero ¿qué pasó con él?

–Tengo entendido que murió en la cárcel... –dice ella y luego baja la voz, de manera que ya no puedo seguir oyendo lo que dice.

Me quedo con la mirada fija en la oscuridad y, sin saber por qué, no logro pensar más que en aquel amigo de Pop-pop, el intérprete. Ahora sé por qué no sonríe en la fotografía. Es porque, aun cuando sus preguntas obtuvieran respuesta, él supo que nunca nada iba a volver a ser lo mismo después de que hubieran tirado aquella bomba.

Y eso es justo lo que me acaba de pasar a mí aquí.

Madre no pasa a verme a primera hora de la mañana porque tiene unos recados que hacer. Tengo que esperar hasta la hora de comer. Pero, por una vez, no me importa si la hago enfadar. Necesito saber.

–Hola, Gazapito –me dice mi madre–. Te he traído unas galletas de nueces de pecán.

–Ya sé lo de que mi padre era un espía –le suelto de golpe–. ¡Me habías mentido!

Se le pone la cara del color de la pared. Luego se tapa la boca con la mano, los ojos inundados de lágrimas.

–¿Madre?

Pero, en lugar de contestarme, se da la vuelta y sale corriendo, cruzándose con Tía Gina y Tío Paulie, que justo están entrando.

–¿Ésa era tu madre? –me pregunta Tía Gina.

–¿Mi padre era un espía? –inquiero.

Tío Paulie palidece.

–Lo era, ¿verdad? ¿Por qué a mí nadie me cuenta nada? –pregunto, subiendo el tono de voz.

Él mira desesperado a Tía Gina.

–Paulie, ve a ver si Ellie está bien, ¿de acuerdo? –intercede ella, y al cabo de un segundo mi tío ya se ha ido.

–Tienes que decírmelo –le suplico.

–Él no era un espía –dice Tía Gina, y se sienta en la silla que hay al lado de mi cama. Se saca del bolso una cajetilla y coge un pitillo, con la mano temblorosa. Lo enciende, le da una larga calada y echa el humo lentamente.

–Fue todo por la radio –me dice con voz apagada.

–¿Qué radio?

No me contesta. Por fin dice:

–A tu padre le encantaba ir a los partidos de béisbol. Pero cuando tú naciste no quería pasar ni un minuto separado de ti. Así que Dominic fue a comprar aquella fantástica radio nueva para que tu padre pudiera escuchar los partidos desde casa. Una noche, tus tíos estaban a la mesa cenando, sonó el timbre, entraron unos agentes del FBI y se llevaron a tu padre. Se los llevaron a los dos, mejor dicho.

–¿A los dos?

–Cuando el FBI vino a ver a Dominic por la radio, él dijo que la tenía tu padre, así que se los llevaron a los dos para interrogarlos.

–¿Por una radio? –pregunto desconcertada.

–A los italianos no se les permitía tener aquel tipo de radio. Sabes, después de lo de Pearl Harbor, todo el país se volvió loco. De repente, todo el mundo sospechaba de los extranjeros. Salió una ley que decía que si eras italiano y no tenías la ciudadanía, no podías viajar a ciertos lugares, no podías tener aparatos de radio de onda corta, ni linternas, ni cámaras de fotos ni no sé qué más.

–¿Pero eso qué tiene que ver con mi padre? –le pregunto.

–Tu padre había nacido en Italia y vino para acá cuando tenía dos años. Pero resulta que Abuelo Falucci nunca terminó de resolver el papeleo, así que tu padre y Nonny no tenían la ciudadanía. Freddy había comenzado a hacer la solicitud para la ciudadanía, pero entonces empezó la guerra. Así que Nonny y él tuvieron que ir y registrarse como «enemigos extranjeros». Les hicieron fotografías, les tomaron las huellas dactilares y toda la pesca.

–¿A Nonny? –exhalo–. ¿Le tomaron las huellas dactilares a mi Nonny? ¿Qué iba a hacer ella? ¿Matar a alguien de un empacho?

Tía Gina alza las manos exasperada.

–Pensaron que los italianos podían ser espías. Ni siquiera querían que se hablara el italiano.

Tengo tantas cosas que asimilar que la cabeza me da vueltas.

–El FBI no le hizo caso a Freddy cuando trató de explicar que se trataba de un error. Sobre todo cuando se enteraron de que era un «enemigo extranjero» y de que escribía para aquel periódico en italiano. Y en aquel periódico ni siquiera escribía de política –dice con frustración–. Escribía en los ecos de sociedad. ¡Escribía de las fiestas! ¡De los picnics!

–¿Y qué pasó?

–Dejaron marchar a Dominic, pero se llevaron a Freddy a la Isla de Ellis y de ahí lo mandaron a una base del ejército en Maryland. Allí lo metieron en un campo de concentración. Tu madre fue a visitarlo, y todos esperábamos que se dieran cuenta de que habían cometido un error y le dejaran volver a casa –dice Tía Gina, y traga saliva–. Nadie lo volvió a ver después de que lo mandaran a otro campo de concentración en Oklahoma.

–¿Es ahí donde murió? –susurro.

–Sí, murió en aquel campo de concentración. Tu madre casi se muere también cuando se enteró. Y tu tío también. Dominic nunca ha vuelto a ser el mismo desde entonces.

–¿Por eso dejó de jugar al béisbol?

Tía Gina asiente.

–¿Entonces mi padre no era un espía? –le digo.

–Muñeca –me dice con tristeza–, el único delito que cometió fue ser italiano.

Entonces ella aparta la mirada de mí para mirar a Tío Paulie, que viene con Madre hacia nosotras. Mi madre tiene los ojos deshechos de dolor, y Tío Paulie tampoco tiene muy buena cara.

–Tía Gina me lo ha contado todo –le digo cuando llegan hasta nosotras.

Madre asiente, con los labios tensos, pero se sienta a mi lado.

–Vámonos Paulie –le dice Tía Gina y corre la cortina a nuestro alrededor para que tengamos más intimidad.

Nos quedamos solas mi madre y yo.

–Nunca quise que te enteraras –me dice, y se le rompe la voz–. Nunca. Tu padre era un buen hombre. Amaba este país.

–¿De qué murió?

A mi madre le brillan los ojos cuando levanta la mirada.

–Dijeron que fue de una hemorragia intestinal. Debió de estar malo durante un tiempo. Yo todavía no puedo soportar la idea de que muriera allí solo, lejos de todos nosotros –da un gran suspiro–. La gente empezó a mirarnos mal cuando se enteró. Aquí, en el hospital, mi supervisor hizo un comentario rastrero y, después de eso, yo dejé el hospital. No podía trabajar con gente que decía cosas así –Madre sacude la cabeza–. Cuando tu padre murió, yo no creí que fuera a ser capaz de seguir adelante. Estaba tan furiosa. Contra todo. Teníamos una vida perfecta y se nos destrozó de golpe. ¡Por nada! ¡Por una radio!

Pienso en mi padre muriendo solito y las lágrimas empiezan a resbalarme por la cara.

–¿Pero por qué Tío Dominic compró la radio? ¡Pensé que él quería a mi padre! ¿Cómo pudo hacer una cosa así?

Se le suaviza la expresión de la cara.

–Créeme, sé que es fácil culpar a Dominic. Pero no fue culpa suya, en serio. Dominic no creyó que hubiera nada de qué preocuparse cuando fue a comprar la radio; él tenía la ciudadanía. Simplemente, entró en la tienda y pidió la mejor radio que tuvieran. No iba pensando en lo que podría pasar. Éramos todos tan jóvenes... –mi madre suspira y aparta la mirada–. Hace mucho que estoy furiosa y, precisamente cuando empezaba a estar mejor, va y ocurre todo esto –se estremece–. No fue justo por mi parte gritarle así a Dominic. Es como que se me vino todo encima de repente.

–Ojalá me hubieras contado todo esto antes –le digo.

–Es que me parecía demasiado duro. ¿Cómo te lo podía haber explicado? Me resultaba más fácil que fuera un secreto. Y no queríamos hacerte sentir mal. En eso es en lo único que nos pusimos todos de acuerdo.

–¿Te puedo preguntar una cosa?

Ella asiente.

Y ahí le hago la pregunta que siempre le he querido hacer:

–¿Qué pensaba mi padre de mí?

–Uy, Gazapito, te quería muchísimo –dice mi madre con

una tierna sonrisa–. Te llamaba *cocca di papà*. «Tesoro de papá.»

Se me para el corazón.

Nos quedamos ahí sentadas durante un instante, ajenas a los ruidos del hospital.

–Madre –le digo.

–¿Sí?

–¿Te puedo hacer otra pregunta?

–Pregúntame lo que quieras –me dice recuperando la fuerza en la voz–. Lo que sea. Te prometo que no habrá más secretos.

–¿Podrías, por favor, rascarme la espalda? Es que me pica muchísimo.

Traen a otra niña a la cama que está al lado de la mía.

Se llama Vivian y le acaban de extirpar el apéndice; no se está muriendo ni tiene nada serio ni nada por el estilo. Tiene un hermano mayor que le trae una revista con unas tiras de humor que se llaman *Historias calculadas para volverte LOCO* que son para morirse de risa.

Nos quedamos hablando en susurros cuando apagan las luces, y el señor Mulligan nos trae helado para las dos. Es agradable tener una nueva amiga.

–Es un tipo estupendo –me dice Vivian después de que se haya ido el señor Mulligan.

–Ya lo sé. ¿Te vas encontrando mejor? –le pregunto.

–Me duele –me dice y hace una mueca de dolor–. Ojalá tuviera mi pata de conejo de la suerte. Sé que me recuperaría más rápido si la tuviera.

–Te puedo prestar mi judía de la suerte –le digo.

–¿Qué es una judía de la suerte? –me pregunta curiosa.

Se la señalo con el mentón. Está colocada en la mesita que hay junto a mi cama.

–Es para que me dé buena suerte –le cuento–. Me la dio mi tío Dominic.

–¿El que vive en su coche?

–Sí, ése.

–¿Me dejas que la vea? –me pregunta.

Me inclino para cogerla pero, como estoy medio en equilibrio, le doy un golpe a la mesa y la judía de la suerte empieza a resbalarse hacia un lado. No lo pienso; estiro el brazo malo para alcanzarla.

Lo estiro.

El brazo se mueve, los dedos se abren y se cierran y, sin más, he recuperado mi vida.

Capítulo veinte
Lo que hay en un nombre

Es un milagro, pero no un milagro como los que cuentan en la iglesia.

El brazo no me empieza a funcionar perfectamente de entrada. Al principio son sólo los dedos, pero pronto muevo ya toda la mano. Para mediados de septiembre me dejan irme a casa. Tengo que llevar las vendas y un cabestrillo, y prometo hacer los ejercicios, aunque llegados a este punto habría prometido cenar siete noches a la semana el hígado que hace Me-me con tal de salir del hospital.

Vuelvo a casa a encontrarme con que me han redecorado la habitación completamente.

–¿Te gusta? –me pregunta Me-me con los brazos cruzados.

Los caniches ya no están y han pintado las paredes de turquesa pálido, el color del océano. Hay una colcha nueva de chenilla blanca y luces nuevas con sofisticadas lámparas de vidrio. Como que se parece al dormitorio de Tía Gina.

–¡Ya lo creo! –le digo.

–Se ha dejado un trozo –dice Pop-pop señalando a la pared con el bastón.

–No empieces con eso otra vez –le dice Me-me.

–¿Quién se ha dejado un trozo? –pregunto yo.

–Ese tal Mulligan te ha pintado la habitación –farfulla Pop-pop–. Tu madre y tu abuela no quisieron que yo me subiera a la escalera. Yo les dije que podía hacerlo de sobra, pero ellas se confabularon en mi contra.

Alzo las cejas, pero no digo nada.

El brazo se me pone más fuerte a cada día que pasa, y cuando voy a ver al doctor Goldstein se queda impresionado con los progresos que estoy haciendo.

–Vas a acabar saliendo en los libros de texto –me dice.

–Mientras no acabe otra vez en el hospital –le digo–. No se ofenda.

–No me ofendo –dice el doctor Goldstein.

–Sabe –le digo–, usted se parece un poco a Gregory Peck.

–Me lo dicen a menudo –me dice y me suelta una sonrisa que no tiene nada que envidiar a la de cualquier estrella de cine. Tía Gina me lleva a una peluquería de mucho postín y Tío Nunzio tiene un montón de vestidos nuevos que ha mandado hacer para mí. Entre el corte de pelo y los vestidos, estoy divina, parezco otra.

Empiezo la escuela otra vez. De repente, me he vuelto muy famosa. Los chicos se ofrecen a llevarme los libros. Parece que estar a punto de morirse es una buena forma de mejorar la propia vida social. Hasta Verónica Goodman me deja en paz, lo cual está casi tan bien como lo de haber recuperado el brazo.

Todo el mundo me hace la misma pregunta:

—¿Te dolió mucho?

—Muchísimo —digo siempre y miro cómo se les quedan los ojos como platos de sobrecogimiento y de otra cosa: admiración. Me gustaría decirles que estar a punto de morirse es terriblemente fácil.

Lo que es difícil es vivir.

Una tarde, después de la escuela, Pop-pop me trae una caja marrón. Oigo que hay algo dentro, arañándola para salir. Al abrir la caja, un gatito negro chiquitito con una mancha blanca en un costado salta fuera.

—Pensé que te vendría bien algo de compañía —me dice Pop-pop aclarándose la garganta.

—¡Es monísima! —le digo pasándole la cara por el lomo al gatito.

Pop-pop frunce el ceño.

—¿Monísima? ¿Monísima? ¡Es un chico! ¿Es que no te enseñan nada en esa escuela a la que vas?

Me río.

—¿Cómo lo vas a llamar? —me pregunta.

—No lo sé —le digo.

—Todo gato necesita tener un nombre. Todo el mundo necesita tener un nombre.

Miro seriamente al gatito. El gatito me devuelve la mirada. Y ya sé exactamente el nombre que le voy a poner.

–¿Y bien? –me pregunta Pop-pop.

–Lo voy a llamar Rhett.

–¿Cómo? –me pregunta–. ¿Qué has dicho?

–Digo que lo voy a llamar Rhett –le repito más alto–. Ya sabes, como Rhett Butler el de *Lo que el viento se llevó.*

–Con que Rhett, ¿eh? Reconozco que podría ser peor, aunque no mucho peor –me dice.

–Gracias, Pop-pop.

–¿Qué quieres? Eres mi nieta –me dice toscamente.

–Te quiero mucho –le digo y le doy un abrazo.

Por una vez, me oye bien.

Ahora todo es diferente. Mejor, en algunas cosas. El señor Mulligan viene a cenar a menudo y arregla el retrete cuando gotea.

Frankie sigue trabajando en la fábrica y adora a Tío Nunzio. No habla de otra cosa: qué listo es Tío Nunzio; cómo le gustaría a él ser de mayor un empresario como Tío Nunzio; cómo Tío Nunzio ha prometido ayudar a pagarle la universidad si no se mete en líos.

–Sólo me queda un mes más y ya habré terminado de pagar la vidriera –me dice Frankie orgulloso–. Tío Nunzio dice que soy uno de los mejores trabajadores que ha tenido.

–Eso es estupendo –le digo.

Una mirada audaz aparece en su cara.

–Escucha. Tengo el pálpito de que Abuelo escondió dinero por toda la casa. Si logramos volver a colarnos...

–Frankie...

–¡Nos haremos ricos!

Le miro y meneo el brazo.

–Ya –dice finalmente–. ¿Quién quiere dinero? Tenemos todo lo que necesitamos, ¿verdad?

–Verdad –le digo.

–¿Pero tú sabes a cuántos partidos podríamos ir con todo ese dinero? –trata de persuadirme Frankie–. ¡Con tanto dinero, podríamos *comprar* los Dodgers!

Suspiro.

Estrenan una nueva obra en el teatro y le pregunto a Madre si puedo ir a verla.

–¿Es que quieres acabar con un pulmón artificial? –me dice.

Supongo que hay cosas que no cambian con el tiempo.

Se producen dos milagros más que son casi tan buenos como el de que pueda volver a mover el brazo. El primero ocurre sin hacer apenas ruido.

Todavía trabajo en el Colmado Falucci, pero sólo al salir de la escuela. Como ahora ya no puedo hacer ningún trabajo físico en la tienda, Tía Fulvia me ha asignado la tarea de sentarme en la parte de delante con la caja registradora. Tío Ralphie ha contratado a otro chaval para que ayude con los repartos. Es Eugene Bird.

–Parece muy poquita cosa, pero siempre consigue que le paguen –me comenta Tía Fulvia satisfecha.

Estoy sentada donde la caja registradora haciendo los deberes, cuando suena la campanilla de la puerta. Levanto la mirada y veo a Jack Teitelzweig ahí de pie. Me sonríe, encantador, y siento un cosquilleo en el estómago.

–¿Qué tal te va, Penny? –me pregunta con una sonrisa enorme y genuina.

–Eh, eh, bien –tartamudeo.

Se pone serio.

–¿Qué tal el brazo? ¿Todavía te duele?

Yo asiento.

–Un poco.

–Me gusta el peinado que llevas –me dice, y yo me pongo roja.

–¡Jack Teitelzweig! –exclama Tío Ralphie con ese chorro de voz que tiene, saliendo de la trastienda–. ¿Cómo estás, Jack?

–Muy bien, señor Falucci –le dice Jack.

Tía Fulvia asoma la cabeza desde la trastienda para ver qué pasa.

Tío Ralphie parece confuso.

–¿Ha hecho tu madre algún pedido?

–No sé, yo en realidad he venido a ver a Penny –dice tragando saliva.

–Ya veo –Tío Ralphie nos mira a los dos–. Bueno, mejor me vuelvo a la trastienda a ayudar a tu tía. Avísame si necesitas algo.

Tío Ralphie vuelve a la parte de atrás y oigo que Tía Fulvia le pregunta en voz bien alta:

–Ralphie, ¿quién es ese chico que está ahí hablando con nuestra Penny?

–Es Jack Teitelzweig.

–¿Teitelzweig? –pregunta Tía Fulvia–. Ése no es un nombre italiano.

–Es un buen chico, *patanella mia* –susurra intensamente mi tío.

Hago una mueca.

–¿Qué quiere decir *patanella mia*?

–«Patatita mía» –le digo con las mejillas ardiendo.

–Deberías oír cómo llama mi madre a mi padre –me dice, y yo me río.

Nos quedamos mirándonos el uno al otro durante un momento.

Entonces Jack Teitelzweig me dice a mí, Penny Falucci:

–¿Te gustaría venir alguna vez conmigo a ver una obra de teatro?

–Mi madre no me deja ir al teatro –le digo automáticamente–. Le da miedo que coja la polio.

–Ah –dice y le cambia la cara–. Entonces podríamos ir a tomar un helado. ¿Te gusta el helado?

–Me encanta el helado –le digo–. El de nueces de pecán es el que más me gusta.

–A mí también –me dice, y me echa una sonrisita.

El segundo milagro acontece por todo lo alto y sale en todos los periódicos. Los Dodgers juegan en el Campeonato Mundial de Béisbol contra los Yanquis de Nueva York. ¡Por fin una ocasión para vengarnos de la derrota del año pasado!

A pesar de que los Dem Bums han llegado al Mundial, yo estoy un poco triste. La única persona a quien le haría tanta ilusión lo de los Dodgers como a mí no está aquí.

Los Bombarderos del Bronx ganan los dos primeros partidos, pero llegan los Dem Bums, ganan los dos siguientes y quedamos empatados. Las cosas empiezan a cambiar con el quinto partido. Ahí es cuando aparece el señor Mulligan con una televisión. El señor Mulligan todavía habla demasiado durante los partidos, pero hasta Frankie está de acuerdo en que no es mal tipo.

–¿Crees que podría conseguirme a mí una televisión baratita? –me pregunta Frankie.

Estamos tan emocionados viendo el Mundial por la televisión que casi les perdonamos a los Dodgers que pierdan el quinto partido.

El sexto partido es en el estadio de los Yanquis. Nos pasamos mordiéndonos las uñas hasta el noveno tiempo, con los Yanquis a la cabeza, cuando el milagro ocurre: Carl Furillo, de los nuestros, manda la pelota a las gradas del lado derecho del estadio, le da tiempo así a hacer dos carreras completas, ¡y deja el partido en empate a tres! ¡Los hinchas de los Dodgers en el estadio se vuelven locos, y nosotros en casa también!

–¿Habéis visto eso? –digo, saltando como un chimpancé–. ¡Hemos empatado! ¡Hemos empatado!

–Aún no ha terminado el partido –dice el señor Mulligan–. Les toca batear a los Yanquis y tienen a ese jovencito, Billy Martin.

Todos contenemos la respiración. Los Yanquis tienen un jugador en una de las bases cuando Billy Martin sale a batear. Ahí llega el lanzamiento y ¡*pumba*! Billy Martin manda la bola hasta el centro del campo y el tipo que está en la base logra completar la carrera. Se acabó.

–Estos Bums son unos mantas –dice Frankie amargamente.

Cuando los Dodgers pierden una vez más el Campeonato Mundial de Béisbol, los corazones se parten por todo Brooklyn.

Y también se parten unos pocos en Nueva Jersey.

Es una tranquila mañana de sábado, y estoy sentada en el porche de verano, contemplando cómo corre Rhett de un lado para otro, persiguiendo a las ardillas del jardín de atrás. Es graciosísimo, casi parece como si Escarlata O'Hara le hubiera dicho que mantenga a las ardillas a raya.

–Hola, princesa –dice una voz.

Levanto la mirada para ver a Tío Dominic ahí de pie. Está flaco, más flaco que nunca, y tiene bolsas oscuras debajo de los ojos, pero está moreno.

–¿Florida? –le digo.

–Sí –me dice, y trata de sonreír, pero tiene la boca apretada. Se sienta cuidadosamente en la silla que está al otro lado de donde yo estoy–. ¿Qué tal tu brazo?

Pero yo estoy furiosa con él. Furiosa con él por abandonarme cuando más lo necesitaba y furiosa con él por lo que le pasó a mi padre también.

–Me duele mucho –le digo.

Tiene los ojos angustiados.

–Princesa –me dice.

–Madre me contó lo que pasó con mi padre. Me lo contó todo –le digo.

Él se estremece.

–¿De verdad?

Yo asiento con la cabeza.

Él empieza a hablar, a hablar tan rápido que apenas puedo entender lo que dice.

–Ella tiene razón, sabes. Fue todo culpa mía –me dice, derramando las palabras a toda velocidad–. Esta bocaza mía. Me pasaba el día fanfarroneando, presumiendo delante de todos. Le conté a todo el mundo que le había comprado esa radio a Freddy. A aquellos vecinos nuestros, los Clarke, nunca les caímos demasiado bien. No les caían bien los italianos. Tuvieron que ser ellos los que llamaron a los federales. Cuando esos hombres vinieron preguntando por la radio, yo les dije que se la había dado a Freddy. ¡Yo se lo dije!

Ahora está temblando.

–Nos llevaron al calabozo y yo le decía: «Todo esto es un malentendido, Freddy, ya verás cómo estamos en casa para la hora de cenar». Y a mí me dejaron marchar, pero a él no. ¡A él no! –sus ojos me atraviesan con terror, como si estuviera atrapado en una pesadilla de la que no pudiera despertar.

Y ahí es cuando me doy cuenta de lo mucho que me he equivocado al estar furiosa con él. Él es mi tío Dominic, el tío que haría lo que fuera por mí.

–Tío Dominic –le digo–, no fue culpa tuya.

–¿Sabes por qué te llamamos Penny? –me pregunta con una sonrisa triste.

–Por la canción. *Pennies from heaven* Era la canción preferida de mi padre.

Hace un sonido ahogado, una cosa a medio camino entre una risa y un sollozo.

–No empezamos a llamarte Penny hasta que tu padre murió. Siempre fuiste Bárbara hasta ese momento.

–Tío Dominic...

–Freddy nos escribió desde aquel último campo de concentración. Estaba enfermo. Sabía que se iba a morir y en lo único que podía pensar era en ti. Escribió: «Ese bebé es como un penique que he perdido y que nunca podré volver a tener» –dice Tío Dominic con la voz temblorosa–. «Mi penique perdido».

Meneo la cabeza sin una sola palabra que decir.

–¡Yo maté a mi propio hermano! –esconde la cabeza entre las manos y empieza a sollozar, haciendo un ruido espantoso, como si le estuviesen arrancando el corazón, y lo único que sé es que me siento como si a mí también me lo estuvieran arrancando.

–Ay, Tío Dominic –le digo, y por fin me ha llegado el turno de regalarle algo, algo que él nunca se regalaría a sí mismo: el perdón–. Estás equivocado.

Levanta la cabeza.

–Mi padre me llamó Penny porque le encantaba Bing Crosby.

–No, no fue así, él...

Me acerco, le cojo la mano y se la aprieto fuerte. Luego, continuo:

–Sí que fue así. Él dijo: «Llamemos Penny a la pequeña porque va a ser luminosa y brillante. Va a ser tan maravillosa como mi hermano Dominic».

Y a lo mejor es porque soy yo quien se lo está diciendo, pero le cambia la cara y para de llorar.

–¿Y sabes qué más? –le digo–. Si no hubiera tenido la judía de la suerte, me apuesto lo que quieras a que no habría recuperado el brazo. ¡Claro, si empecé a mover los dedos para tratar de agarrarla! Yo sé que fue por la judía.

–¿De verdad piensas que fue por la judía? –me pregunta escéptico.

–Los médicos dicen que fue un milagro –le digo muy seriamente.

Tiene pinta de que se lo ha tragado, y yo suspiro aliviada.

Entonces, entrecierra los ojos y me dice:

–¿Quién te ha enseñado a mentir así de bien?

Le hago un guiño.

–Frankie.

Él menea la cabeza y me dice:

–Se acabó eso de andar excavando sótanos.

–No más sótanos –le prometo.

–Así me gusta –dice él.

–¿Qué estabas haciendo en Florida? –le pregunto.

–¿Por qué?

–Frankie va diciendo que eres un asesino despiadado.

–¿Quién, yo? –se ríe.

–Sí –le digo–.¿Es cierto?

–No, a menos que los peces cuenten –me dice.

–¿Los peces? –le digo.

Tío Dominic se saca la cartera del bolsillo y me enseña una fotografía en la que sale él de pie al lado de un pez espada.

–Frankie se va a llevar una desilusión –le digo.

–Pues dile que se ponga a la cola –me dice.

227

—No me puedo creer que los Dem Bums perdieran el Campeonato Mundial de Béisbol —le digo yo, nostálgica—. Tenían que haber ganado.

—Algún día lo ganarán, ya verás. Hay que tener fe.

—Ojalá hubieras estado aquí —le digo con voz queda.

—Durante toda la retransmisión del partido estuve pensando en ti —me dice Tío Dominic.

—¿De verdad?

—Siempre, princesa —me dice, y yo sé que es verdad—. Siempre.

Capítulo veintiuno
Una chica con suerte

El señor Mulligan aparece en nuestro porche después de la escuela. Lleva corbata y traje, no el uniforme de lechero, y lleva una bolsa de papel en la mano.

–¿Tiene la tarde libre? –le pregunto al abrirle la puerta.

–Más o menos –me dice y juguetea inquieto con la corbata.

–Madre está en el trabajo –le aclaro.

–En realidad –me dice–, quería hablar contigo. ¿Puedo pasar?

–Claro –le digo, preguntándome por qué está tan raro. Entramos al salón, él se sienta en el sofacito y yo en la butaca.

–¿Quién es? –pregunta Me-me desde la cocina.

–El señor Mulligan –le contesto.

–Ah –dice en tono complacido–. ¿Por qué no os llevo unas limonadas?

Me-me viene con una bandeja con limonada y galletas de avena y nos la coloca delante.

–Las galletas acaban de salir del horno. Que paséis buena visita –anuncia antes de salir disparada.

Nos sentamos en silencio durante unos segundos. El señor Mulligan coge una galleta.

–Yo que usted no lo haría –le digo, y la vuelve a dejar en el plato.

–A ver, Penny –me dice el señor Mulligan, carraspeando fuertemente–. Me preguntaba, ejem, si tú me darías permiso para casarme con tu madre.

Miro a mi alrededor. ¿Si yo le daría permiso?

–¿No debería preguntárselo a Pop-pop?

–Tu madre me ha dicho que tenía que preguntártelo a ti antes –me dice.

–Ah –le digo.

–Dios, quiero a tu madre una barbaridad –dice moviendo nerviosamente una pierna.

Yo no digo nada.

–Prometo tratarla muy bien, y a ti también, por supuesto –dice apurado, secándose una gota de sudor–. Y a Pop-pop y a Me-me.

Yo columpio los pies.

–Sé que no puedo sustituir a tu padre, pero lo haré lo mejor que sepa para ser un buen padre –me dice.

Nos quedamos ahí en silencio un rato más.

Él traga con dificultad.

230   –Bueno, ¿qué dices?

–¿Qué hay en la bolsa? –le pregunto.

—Helado –me dice.

–¿De qué?

–De nueces de pecán –dice sonriendo lentamente.

¿Qué puedo decir ante una oferta como ésa?

Mi madre lleva puesto un vestido de color melocotón, y en las manos un ramillete de jazmines de Madagascar, y el señor Mulligan lleva un traje oscuro. A mí me ha tocado ser la niña de las flores y, al mismo tiempo, la dama de honor. En vez de llevar las flores en un ramo, Frankie ha tenido la brillante idea de cubrirme con ellas el cabestrillo, lo cual me da un aire elegante, o bien parezco la novia de Tarzán, según se mire. De todas formas, el juez me felicita por mi brazo. Después vamos todos a almorzar a un hotel de lujo y mi madre sonríe como si fuera la chica más afortunada del mundo.

El señor Mulligan dice que le puedo llamar como yo prefiera, así que le digo que le quiero llamar Pat, y a él le parece perfecto. Puede que un día lo llame Papá, pero aún no. Tenemos mucho tiempo por delante. Y él no se va a marchar a ninguna parte.

Cuando Pat se mudó a nuestra casa, yo estaba un poco preocupada. Resulta que Pop-pop no es muy transigente y le gusta dar muchos consejos. Pero, por el motivo que sea, parece que Pat sabe apañárselas con él sin volverse loco. Cuando Pop-pop le dice que haga esto o lo otro, Pat se limita a sonreír y responder: «Me lo voy a tener que pensar».

Pat hace las cosas de forma algo diferente. Es espontáneo. No le parece raro venir a sacarme de la cama después de que me haya ido a acostar por la noche para sorprenderme con una pizza o con un helado especial. Le gusta quedarse hasta tarde jugando a las charadas y al póquer. Y lo que más le gusta es ir a cenar al restaurante de Howard Johnson y pedir tortitas. Ahora, los viernes por la noche, en vez de quedarse en casa con Me-me, con Pop-pop y conmigo, mi madre se pone la estola de zorro y sale a bailar con Pat. Es difícil acostumbrarse a tener a otra persona en casa, pero es lo que dice Me-me: siempre se agradece tener cerca a un hombre capaz de arreglar el retrete.

Una noche, después de la cena, estoy ayudando a mi madre a secar los platos mientras Me-me los lava.

Últimamente ha estado hablando de volver a trabajar de enfermera. El doctor Lathrop está buscando una enfermera para su consulta.

–Podría estar bien –dice–. Con un horario normal y toda la pesca. Y no es en el hospital.

Sé que lo mejor es no decir nada y Me-me también.

–Pop-pop me dijo que vio ayer a tu Tío Dominic –me dice Madre con mucho cuidado.

–Estaba en Florida –le digo–. Pescando.

Se permite a sí misma una sonrisita.

–Siempre le gustó pescar. A tu padre también. Creo que su abuelo, tu bisabuelo, era pescador en Italia.

No me puedo creer que mi madre esté hablando así de la familia de mi padre.

–¿Por qué no te llevas bien con ellos? –le pregunto así como por casualidad.

Madre parece sorprendida por un segundo, pero enseguida dice:

—Sé que tú los adoras, pero es muy duro estar casada con ellos. Son un poco abrumadores. Sobre todo tu abuela.

—¿Nonny?

—Me aterrorizaba. No llevábamos casados ni una semana cuando anunció que se venía a vivir con nosotros para ayudarnos con la casa.

—¿Y qué pasó?

Mi madre se ríe.

—¡Parecía que se iba a acabar el mundo cuando tu padre le dijo que no! Tienes que entender que ninguno de ellos estaba muy contento con nuestra boda, excepto Dominic. Ya habían elegido a una chica italiana para tu padre. Después de su muerte, vinieron tiempos difíciles. No creo que tu abuela Falucci pueda perdonarme nunca que no enterrara a tu padre en el cementerio católico —Hace una pausa para coger aire—. Estaba de acuerdo con que los conocieras, pero entre nosotros decidimos guardar las distancias.

Seco un plato y lo coloco en la alacena.

Mi madre se vuelve hacia mí.

—¿Por qué no les preguntas si quieren venir a cenar?

—¿En serio?

—Claro que sí —dice, y baja la voz—. Si podemos sobrevivir al hígado que hace Me-me, es que podemos sobrevivir a lo que sea.

Han venido todos. Nonny, Tío Paulie y Tía Gina, Tío Nunzio y Tía Rosa, Tío Ralphie y Tía Fulvia, Tío Angelo y Tía

Teresa, Tío Sally, Frankie y los primitos bebés. Son tantos que parecen un equipo de béisbol o algo así.

Mi madre se ha arreglado el pelo con especial cuidado y lleva puesto un vestido nuevo.

Nonny entra derecha hasta donde está mi madre.

–Eleanor –le dice.

–Genevieve –le dice mi madre y yo estoy tan impresionada que casi no puedo ni respirar. ¡Ni siquiera sabía que mi abuela tuviera nombre!

–El pelo –le dice Nonny–. Lo cortaste.

–Sí –le contesta mi madre con voz ecuánime–. Me lo corté.

Mi abuela se la queda mirando durante un buen rato y después asiente satisfecha.

Entramos al salón y Me-me trae bebidas para todos.

El pequeño Enrico me saluda con las dos manos cuando me ve.

–¡Te aúpe! ¡Te aúpe! –chilla.

No puedo auparlo, así que me pongo de rodillas a su lado y él me da un beso descuidado en la oreja. O tal vez un mordisco. No estoy muy segura, pero en cualquier caso es un encanto.

–Me gusta el negro –dice Tía Gina mirando a su alrededor.

–Ha sido idea de Madre. No te apoyes en ese lado de la mesa: creo que aún no se ha secado –dice mi madre poniendo los ojos en blanco, y Tía Gina se ríe.

234 Voy y me coloco al lado de Pat.

–Éste es Pat –le anuncio a todo el mundo.

Tío Nunzio es el primero que le da la mano a Pat, lo abraza y le da la enhorabuena. La siguiente es Tía Rosa, y después Tío Ralphie y Tía Fulvia. Para cuando Pat termina de conocer a toda la familia, está como si le hubiera pasado una apisonadora por encima.

Suena el timbre de la puerta y mi madre se levanta para ir a abrir. Es Tío Dominic, que está en la puerta y trae una caja con un bonito lazo rojo. Lleva un traje nuevo con corbata y unos zapatos negros deslumbrantes, nada de zapatillas de andar por casa.

Se lleva una mano al sombrero.

–Ellie –le dice–, estás estupenda.

–Gracias –dice ella–. ¿Quieres pasar?

No se puede uno ni imaginar lo nervioso que está, lo nerviosos que estamos todos. Es como un simulacro de ataque aéreo: estamos todos esperando a que caiga la bomba.

–Hola, Tío Dominic –le digo.

–Hola, princesa –me dice.

–¿Qué traes en esa caja? –le pregunto.

Mira la caja como tratando de hacer memoria.

–Esto es para tu madre –me dice, y se la da a ella.

Mi madre le quita el lazo y la abre, observando en silencio.

–¿Qué es? –le pregunto.

Mi madre exhibe la caja. Dos brillantes ojos de cordero sobre papel de seda nos están mirando.

Durante unos instantes, todo el mundo contiene la respiración.

Entonces mi madre esboza una sonrisa ácida y le dice:

–Tal vez deberías quedártelos tú durante un tiempo. Para ayudarme a *echarle un ojo* aquí a Penny.

Tío Dominic me echa una sonrisita y todo el mundo se ríe.

Nunca sabré si es porque llevo la judía de la suerte en el bolsillo, pero ésta es una noche que siempre recordaré por lo que no está pasando. Me-me no se ha cargado el pollo y Pop-pop no está contando chistes malos. Madre no se ha enfadado, Tío Dominic no se ha escondido en su coche y Nonny no se ha echado a llorar. Por una vez, todos se están comportando como la gente normal, comiendo, hablando y riéndose. Se trata sólo del clásico pollo asado con puré de patatas y guisantes demasiado cocidos con cebolla, pero es la mejor cena que he comido en toda mi vida.

Todo el mundo tiene cosas que contar. Me-me y Tío Dominic hablan de lo mucho que les gusta Florida a ambos, Tío Nunzio y Pat hablan de negocios y Tía Gina y Madre hablan de los mejores lugares para ir a bailar. Incluso Pop-pop consigue comportarse. Tío Ralphie y él están hablando a voces y Tío Ralphie promete hacerle llegar un par de buenos filetes.

Después de cenar, Tío Nunzio saca una botella de *spumante* italiano.

–Por la feliz pareja –les dice a mi madre y a Pat–. Que la felicidad os acompañe muchos años.

Mi madre mira a Pat a los ojos, se inclina hacia él y lo besa.

Todo el mundo aplaude y Tía Gina dice:

–Has pescado una buena pieza, Ellie.

Entonces Tío Dominic se pone de pie luciendo al hombre alto y atractivo que yo siempre supe que era.

–Un brindis –dice–. Por nuestra princesa.

–Un ángel donde quiera que los haya –añade Tío Ralphie.

–Directa del cielo –dice Pop-pop.

–¡No nos importa cuántos brazos tengas! –dice Frankie con una risita.

–Por nuestra preciosa Penny –dice mi madre lanzándome una sonrisa.

Entonces la familia *entera* se levanta y grita «¡Por Penny!», y tintinean las copas. Suenan como música, mejor que cualquier canción de Bing Crosby.

¿Y yo?

Yo me quedo ahí sentadita y sonrío, con el corazón tan rebosante que creo que voy a explotar, dándome cuenta de que soy una chica con suerte.

Capítulo veintidós
Una familia normal como las que pintaba Norman Rockwell

T odavía pienso en el cielo de vez en cuando. Últimamente mi idea del cielo es diferente, aunque todavía no excluye el helado de nueces de pecán.

Quiero decir que la familia de mi padre siguió viniendo por aquí sin parar después de aquella noche, que cenamos y pasamos las fiestas de guardar juntos y toda la pesca. Me gustaría decir que fuimos como una foto de postal, una familia normal como las que pintaba Norman Rockwell, pero no fue así. Simplemente, seguimos adelante con nuestras vidas como hemos hecho siempre, pero en cierto modo todo estaba en orden.

¿Y Tío Dominic? En mi cielo, Tío Dominic consiguió recuperarse y juega al béisbol otra vez. En mi cielo, vive en una casa y tiene mujer y un bebé. En mi cielo, él siempre está sonriendo.

Pero la vida real no es como mi cielo, así que nada de eso es cierto. Se mudó del coche, eso sí, al sótano de Nonny, lo cual según se mire supone cierta mejoría, aunque el coche sigue en el jardín.

Cada tanto, me lo vuelvo a encontrar allí, escuchando la radio y viendo la vida pasar. Y siempre le pregunto lo mismo.

–¿Te acuerdas del día que vimos a los Dem Bums jugando en el Estadio Ebbets? –le digo siempre.

–Claro –me dice siempre.

–Teníamos unos asientos muy buenos, ¿verdad?

Él siempre me sonríe y me dice:

–Los mejores asientos.

Y tanto que sí.

Nota de la autora

A pesar de que este libro es un trabajo ficticio, está inspirado en muchas historias de mi familia italoamericana.

Me pusieron el nombre por mi bisabuela Genevieve (Rosati) Scaccia. Mi bisabuelo Rafael Scaccia emigró desde Italia y entró en Estados Unidos a través de la Isla de Ellis. Mis tíos fueron propietarios de carnicerías y fábricas textiles y jugaban a los bolos y hacían música después de cenar. Mi bisabuela tenía una «cocina de abajo» en el sótano, rociaba a los perros con el perfume Tabú e iba siempre vestida de negro. Tuve un primo excéntrico que vivía en un coche en el jardín y siempre tenía «judías de la suerte». Recuerdo muchas comidas que llevaban la tarde entera. La sopa de albóndigas de ricota y un plato al que llamábamos *pastiera*, que probablemente fuera una variación de la *pastiera rustica*, eran los platos preferidos de la familia.

La historia del nombre de Penny es una leyenda de la familia. Mi abuelo materno, Alfred Scaccia, falleció trágicamente cuando mi abuela estaba embarazada de mi madre. A pesar de que a mi madre la llamaron Beverly Ann, toda la familia la llamaba Penny. De niña siempre le dijeron que era porque a su difunto padre le encantaba Bing Crosby y *Pennies from heaven* era su canción preferida. El caso es que hace unos años nos enteramos de la verdadera historia. Parece ser que mi abuelo sabía que iba a morir y le partía el alma no llegar a conocer a aquel bebé. Durante sus últimos días le dijo a todo el mundo: «Ese bebé es como un Penny que he perdido y que nunca más volveré a tener. Mi Penny perdido». Pero, igual que en este libro, la historia de mi madre tiene un final feliz. Mi abuela Mildred casualmente volvió a casarse con un hombre maravilloso. Nuestro querido abuelo de origen irlandés, Mike Hearn, conocido por su sentido del humor y su pasión por el helado.

La historia del padre de Penny es una parte oculta de la historia estadounidense. Durante la Segunda Guerra Mundial, el presidente Franklin Roosevelt firmó la Proclama 2527, que designaba a seiscientos mil italianos no nacionalizados como «extranjeros enemigos». Todos los «extranjeros enemigos» descendientes de italianos estaban obligados a llevar una «tarjeta de identificación enemiga» rosa y a entregar todo el «contrabando», y eso incluía armas, radios de onda corta, cámaras fotográficas y linternas. Como colofón se les previno en contra de hablar en italiano, «el idioma del enemigo».

A pesar de que muchos de esos inmigrantes italianos, al igual que los de ascendencia japonesa o alemana, fueron durante mucho tiempo residentes y respetados miembros de sus comunidades, y a pesar de tener cónyuges e hijos estadounidenses, todavía eran sospechosos de ir a conspirar con el enemigo. Se hicieron registros en las casas de muchos de ellos, unos tres mil fueron arrestados y cientos fueron enviados a campos de concentración.

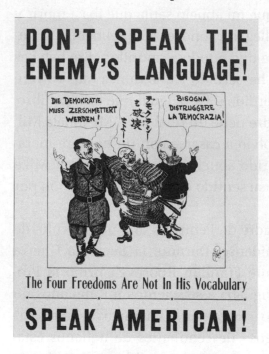

Póster distribuido por el gobierno de EE. UU.

En la Costa Oeste, a los 52.000 «extranjeros enemigos» italianos les impusieron un toque de queda nocturno y miles de ellos fueron obligados a irse de las «zonas prohibidas»,

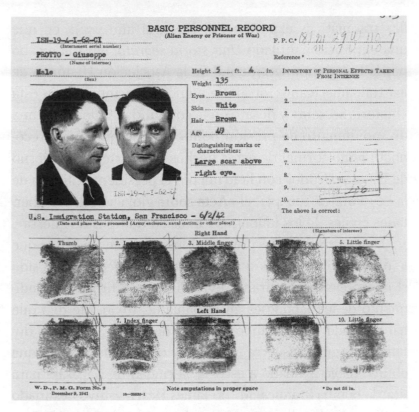

En los campos de concentración guardaban fichas como ésta.

que eran principalmente las de la costa. Al padre del famoso jugador de béisbol Joe DiMaggio no se le permitía salir a pescar en la costa de California, e incluso tenía prohibido ir al restaurante de su propio hijo en el Muelle de Pescadores de San Francisco.

El libro del historiador Lawrence DiStasi *Una storia segreta: La historia secreta de la evacuación y el internamiento de los italianos de Estados Unidos durante la Segunda Guerra Mundial* muestra testimonios individuales de aque-

243

llas traumáticas experiencias. Hasta el año 2000, en que una exposición titulada *Una storia segreta*, llevada a cabo por la Delegación Occidental de la Asociación Histórica de los Italoamericanos, atrajo la atención nacional hacia esta «historia secreta» y desató en la comunidad italoamericana un movimiento de presión política, no se produjo el reconocimiento formal de estos hechos por parte del gobierno de Estados Unidos con la firma por el presidente Clinton de la Ley Pública 106-451, el «Acta sobre violación de las libertades civiles de los italoamericanos en tiempos de guerra».

La historia del intérprete está inspirada en un relato que le oí contar hace años a un caballero que decía haber sido el intérprete del Almirante Byrd durante la firma del rendimiento de los japoneses en la Bahía de Tokio. Me dijo que había estado interrogando a presos de guerra japoneses durante la Segunda Guerra Mundial, y que la información que obtuvo había ayudado a escoger la ciudad de Nagasaki para tirar la bomba atómica. Mi tío James Hearn estuvo destinado en Birmania, hoy llamada Myanmar, durante la Segunda Guerra Mundial, y sus experiencias forman la síntesis de la historia del señor Mulligan. Del mismo modo, mi bisabuelo Ernest Peck fue capitán de distrito durante la Segunda Guerra Mundial, y mi madre recuerda haber tenido que ponerle colorante amarillo anaranjado a la margarina durante la guerra.

El «brazo de escurridora» es una lesión de la que oí hablar por primera vez a mi padre, que es pediatra. Me dijo que es «la maldición» de los pediatras por lo mucho que puede llegar a debilitar el organismo. Podía hacer que los niños se quedaran sin brazos o que sufrieran graves quemaduras en la piel.

Conocí a una mujer que había perdido el brazo entero, hasta el hombro, cuando era niña, debido precisamente a esa lesión.

El temor de la madre de Penny a la polio refleja los temores generales de principios de los años cincuenta, cuando el drama de la polio era aún una realidad. Mi madre tenía prohibido ir a nadar a las piscinas públicas por esa misma razón. También mi madre sufrió una quemadura espantosa en la espalda por el agua caliente del grifo, igual que Penny, y fue tratada con Rojo Escarlata.

Historias calculadas para volverte LOCO (Tales Calculated to Drive You MAD) se convirtió más tarde en la infame revista *MAD*.

Después del lamentable fracaso de 1953, los Dem Bums de Brooklyn siguieron adelante y ganaron el Campeonato Mundial de Béisbol de 1955. Mi abuelo de joven asistió a varios partidos en el Estadio Ebbets, y señalaba que era uno de los campos de béisbol más pequeños. En 1957, los Dodgers se trasladaron a Los Ángeles y, poco después, el Estadio Ebbets fue derribado. Pero sigue vivo en el recuerdo y en los corazones de los hinchas de los Bums del mundo entero.

Álbum de familia

Mi bisabuela italiana, Genevieve Scaccia (la Abuela Jennie), con su luto característico.

Los padres de Penny: mi abuela Mildred Hearn y mi abuelo, el doctor Alfred Scaccia. Esta foto fue tomada durante su viaje de novios a Atlantic City (Nueva Jersey), en 1938.

La postal que Abuela les mandó a sus padres de su viaje de novios.

Abuela posando con su uniforme de enfermera.

Mi madre, Beverly Ann Scaccia Holm (Penny) con su madre (a la derecha) y sus abuelos maternos: mi bisabuela Jennie Peck (Nana) y mi bisabuelo Ernest Peck (Poppy).

Penny con su madre, mi abuela.

Penny con uno de los famosos abrigos que su tío Al DeGennaro había mandado hacer para ella en la fábrica.

Abuela con su segundo marido, Mike Earn (Abuelo) y mi madre, vestidos de Pascua.

Abuelo Mike (a la izquierda) con su hermano Jack jugando al béisbol en la universidad

El primo de Penny y su mejor amigo de la infancia, Henry Scaccia hijo (de adulto).
Fue un bromista consumado y ¡una vez le mandó unos ojos de cordero!

Penny con Poppy y Nana. Esta foto fue
tomada durante unas vacaciones en Cayo
Oeste (Florida), de donde era Nana.

Mi madre, Penny, cuando tenía once años.

Bibliografía y sitios web

DiStasi, Lawrence: *Una storia segreta*: La historia secreta de la evacuación y el internamiento de los italianos de Estados Unidos durante la Segunda Guerra Mundial. Heyday Books, Berkeley (California) 2001.

Sitios web:
La Fundación Nacional Italoamericana: www.niaf.org

Internamiento en la Segunda Guerra Mundial: www.segreta.org

Agradecimientos

El apoyo que he recibido de mi familia y de la comunidad italoamericana para contar esta historia me deja con el corazón tan rebosante que creo que me va a estallar. ¡Créanme, sé que soy una chica con suerte! *¡Mille grazie!*

Primero y antes que nada, quiero dar mi agradecimiento al historiador Lawrence DiStasi. Sus ánimos me ayudaron a ponerle una vocecita a la historia de los italianos estadounidenses durante la Segunda Guerra Mundial. Gracias a él y a tantos otros, esta parte de la historia de Estados Unidos ha dejado de ser una «historia secreta». Muchas gracias a Gina Miele del Instituto Coccia, de la Universidad Estatal de Montclair; a Fred Gardaphe de la Universidad Estatal de Nueva York en Stony Brook; a Julianna Barbato, Michael Marcinelli y Samuela Matani de la Fundación Nacional Italoamericana; y a la maravillosa Asociación Histórica de los Italoamericanos.

251

Un saludo general a toda la gente de Brooklyn que me ha ayudado a recordar el Ebbets y a los Chicos del Verano, incluyendo a Claudette Burke del Salón de la Fama del Béisbol, a Rick Whitney, a John Lord y a los hinchas de los Dem Bums del sitio web La fiebre del béisbol.

Mi familia ha sido enormemente indulgente con lo que he escrito. Muchas gracias a todos (¡sobre todo por darme de comer!): a Frank y Mary DeGennaro, al doctor Ralph Scaccia, a Donald y Rosalie Scaccia y especialmente a mi prima, la Hermana Laura Longo. Y un agradecimiento especial a mi abuelo Michael Hearn por responder a mis infinitas llamadas telefónicas.

He sido muy afortunada por tener un apoyo editorial tan entusista. Gracias de todo corazón a la madrina de Penny, la increíble Shana Corey, y a las otras «tías» de Penny: Cathy Goldsmith, Kate Klimo, Mallory Loehr y Jill Grinberg.

Para terminar, no alcanzo a expresar lo agradecida que estoy a la persona que me animó a darle vida a esta historia desde sus comienzos: mi maravillosa madre, Penny Scaccia Holm. Mientras haya quien la lea, su historia seguirá viva. La judía de la suerte está a salvo en mis manos.

Índice

Jennifer L. Holm

Jennifer L. Holm obtuvo la Mención de Honor Newbery por su primera novela, *Our Only May Amelia,* que también fue nombrada Libro Notable por la Asociación de Bibliotecas Estadounidenses y Mejor Libro Infantil por el Publishers Weekly. Su novela *Penny, caída del cielo* también ha obtenido la Mención de Honor Newbery. Jennifer es autora de otros libros muy renombrados como la trilogía de *Boston Jane, The creek,* y la serie del *Babymouse,* que escribe en colaboración con su hermano Mattew Holm. Jennifer vive en Maryland con su marido, el hijo de ambos y un gato bastante grande. Se puede visitar su sitio web en www.jennifer-holm.com.